ANTÔNIA

ANTÔNIA

Santana Filho

Copyright © 2020 Santana Filho
Antônia © Editora Reformatório

Editores
Marcelo Nocelli
Rennan Martens

Revisão
Marcelo Nocelli
Roseli Braff

Imagem de capa
Foto do autor Santana Filho, em Berlim, 2016.

Design e editoração eletrônica
Negrito Produção Editorial

Dados Internacionais de Catalogação na Publicação (CIP)
Bibliotecária Juliana Farias Motta (CRB 7-5880)

Santana Filho, 1958-
 Antônia / Santana Filho. – São Paulo: Reformatório, 2020.
 232 p.; 14 x 21 cm.

 ISBN 978-65-88091-12-8

 1. Romance brasileiro. I. Título.
S232a   CDD B869.3

Índice para catálogo sistemático:
1. Romance brasileiro

Todos os direitos desta edição reservados à:

EDITORA REFORMATÓRIO
www.reformatorio.com.br

Conheço quem vos fez, quem vos gorou,
rei animado e anal, chefe sem povo,
tão divino, mas sujo, mas falhado,
mas comido de dores, mas sem fé,
orai, orai por vós, rei destronado,
rei tão morrido da cabeça aos pés.

Invenção de Orfeu, JORGE DE LIMA

Eu de dia sou sua flor.
Eu de noite sou seu cavalo.

Sem Açúcar, CHICO BUARQUE DE HOLLANDA

E sucedeu que, acabando ele de falar com Saul,
a alma de Jônatas se ligou com a alma de Davi; e
Jônatas o amou, como à sua própria alma.

Primeiro livro de Samuel 18

Brando querido,

Cartas são para mim a prova definitiva de que sou capaz de produzir algo de fato expressivo. Menos pelo que boto no papel e mais por reconhecer alguma possibilidade de comunicação, nem sempre possível no dia a dia sem caderno e caneta, teclado, giz e carvão, apesar de todos os afazeres e a vida social intensa do interior. Um dia desses, durante a missa das dez, saiu da boca do dom Eugênio a palavra corolário, lembrei de você e seus olhos de jabuticaba. Pensei: amanhã vou escrever para Brando só para usar essa palavra, embrulhar o corolário em papel de presente e mandar para ele, mesmo considerando que talvez já a possua, é sempre difícil surpreendê-lo com palavras, Brando, por mais que algumas me atinjam pela primeira vez e, por ignorância, as considere inéditas. Quem sabe corolário já esteja dentro da caixa de veludo onde você guarda as palavras capazes de arrepiar, excitar, revelar, enternecer você.

Quando Antônia Cibele teve doze anos, Hildebrando Lopez tinha vinte e dois, o século xx ia pelo começo da segunda metade, e a fogueira de sutiãs em Atlantic City ainda levaria quase duas décadas para produzir fumaça. Antônia Cibele e Hildebrando Lopez encontravam-se sujeitos aos acontecimentos do Hemisfério Sul, submetidos ao calor inerente aos trópicos, o mesmo arroz com feijão nos pratos à mesa, o idioma latino. Porém, apenas Antônia assistiu, ao lado do padrasto, à vitória da seleção uruguaia sobre a brasileira num Maracanã ensandecido, encardindo nos alicerces de cimento e nos subterrâneos do gramado a frustração daquela gente habituada a celebrações de toda espécie. Hildebrando, alfabetizado desde a primeira infância, aos doze anos não se afastaria dos quadrinhos de Mandrake e dos cantos d'A *divina comédia* nem para testemunhar os dribles do atacante Ademir, o Queixada, portador de uma corcova no queixo e duas bombas nos pés.

Essa diferença de idade e território postergou a aproximação dos dois, impedindo-os de ser colegas de classe, companheiros de leituras, comparsas nas primeiras delinquências juvenis. Hildebrando, autointitulado Brando desde que, menino, quase assistiu no cinema a *Uma rua chamada Pecado*, morava com os pais e a avó na zona norte de São Paulo. Antônia vivia no centro-sul do estado, com a mãe, o irmão mais velho e o padrasto, Hermes Augusto de Amorim, o Nonô. O apelido traduzia à risca o ar compassivo deste segundo marido de Violeta, viúva do pai de Antônia, cuja morte, não de todo esclarecida, foi, por vias tortas, relacionada à mulher.

Antônia Cibele e Hildebrando Lopez viriam a se conhecer e se tornar amigos, talvez comparsas, anos depois.

I

A cidade de Fagundes vive um dia memorável. Inaugura-se a nova sede do Lar de Antônia, o abrigo de idosas anexo ao Amparo Maternal Antônia Cibele, que há mais de vinte anos presta assistência às mulheres da região, disponibilizando recursos para os expedientes da maternidade, da fecundação ao parto, estendendo-se por todo o puerpério. O automóvel foi oferecido pela prefeitura e aceito após insistência do prefeito e outras autoridades da comarca reunidas anteontem na casa do juiz, em torno de petiscos caseiros e aguardentes trazidas por eles mesmos, numa tentativa de aliar à iniciativa privada perpetrada pelo casal o tacanho investimento público. O prefeito não está presente, alegando compromissos fora da cidade. O juiz Dalton Selibroto não costuma misturar as benesses e os compromissos do cargo com interesses políticos, entretanto, em consideração à abertura da nova sede e ao aniversário da esposa, aqui está o casal ocupando o banco traseiro do automóvel conversível, acenando para a população, numa proximidade favorecida pela capota arriada, sobreposta em molhos de lona no console de trás, quase um debrum da fita de veludo a contornar o chapéu da aniversariante tremeluzindo ao vento. Em poucos minutos, depois de cumprimentada pelos convidados, dirigentes e o público habituado a lhe render homenagens, Antônia Cibele vai cortar a fita vermelha na cerimônia de inauguração do pequeno complexo beneficente sob aplauso geral.

Consolata Afflictorum, assim o arcebispo alcunhou a homenageada, valendo-se do latim para aludir à sua vocação de consoladora dos aflitos, negando-se a utilizar o termo em português por considerá-lo incapaz de alcançar os pirilampos do original. "Uma irmã Dulce da Jurisprudência", alguém balbuciou dentro do lenço ensopado de poucas lágrimas e algum catarro, numa comparação só justificável por quem não testemunhou as atitudes de humildade e abnegação próprias da irmãzinha baiana. O vice-prefeito não deixou por menos: "uma entidade que, sem deixar descendentes sobre a terra, tem sido mãe de tantos filhos, reiterando a sua vocação para o gineceu".

Dona Antônia corta a faixa inaugural, com a contrição de quem portasse fragmentos da coroa do Cristo, sob os olhares do povo que aplaude sem desviar os olhos dela por um segundo sequer. De poucas palavras em público, utiliza o microfone apenas para agradecer a presença e os cuidados, referindo-se às manifestações de apreço das quais não se diz merecedora, embora pense o contrário. Neste mesmo dia se comemora o seu aniversário, Antônia Cibele segue altiva, dona Antônia, como é tratada pela população, a partir do momento em que o marido solicitou a exclusão do prosaico Tonha, com o qual tentaram alcunhá-la na juventude, tão logo os recém-casados desembarcaram para fixar residência na Rua 9, pelas duas da tarde de uma distante terça-feira de abril.

O jovem advogado Dalton Selibroto desce da rural empoeirada, avalia a gola da camisa com o bico dos dedos, e depois de tirar um fio de cabelo incrustado bem em cima da bolinha azul no colarinho aberto, aprecia o entorno desde as ruas de paralelepípedo até onde a vista alcança. Gosta do que vê. Não por identificar edificações presunçosas, floração exuberante ou qualquer extravagância no mobiliário urbano, mas por respirar novos ares, vento fresco e vida nova. Novos ares são tudo o que as narinas do doutor Dalton precisam para demarcar os tempos ora iniciados, ao abrir as cortinas da cidade na qual decidiu morar. Estende a mão para Antônia e a ajuda a descer. Ela também encara a redondeza, de fato satisfeita, mas tem a calma interrompida pela mulher que se aproxima afobada, sorriso na boca de muitos dentes, avental por cima do vestido e a mão esticada em sua direção.

– Adélia Maria, sua vizinha.

As duas voltam o rosto para a casa da esquerda, partilhando o sorriso mudo e pequeno sugerido por Antônia, substituto dos arroubos da outra ou das palavras corriqueiras nas apresentações formais. Da janela, onde Adélia também se debruçava há pouco, sua mãe acenou com o leque de palha, movimentando a cabeça numa saudação talvez amorosa, certamente gentil.

– Meu marido não pôde vir, mas me intimou a acomodar os vizinhos da melhor maneira, estou aqui pra isso, temos muito a fazer, meu Deus, nem tirei o avental! – Sem perder o fôlego readquirido, Adélia abriu a cancela, "precisamos lubrificar esse ferrolho", o avental agora estirado no ombro, e seguiram os três pelo pequeno jardim anterior ao terraço de cimento vermelho, onde a rachadura do piso distribuiu relâmpagos pelo chão. Pela porta principal adentraram à casa de poucos cômodos recém-pintados, o cheiro de tinta fresca rescendendo ao vigor e à juventude dos novos dias. Antônia não fazia ideia da morada, o marido veio sozinho tratar da mudança no mês passado, não foi difícil chegar a Jurandir, marido de Adélia e proprietário de dois imóveis para alugar, um no centro, a dois passos do cine Chaplin, o outro, de oito cômodos e quintal, mais espaçoso, porém mal localizado, quase na saída da cidade, nos altos do Navegantes. Dalton se encantou com esta casinha central tão logo olhou para ela da calçada, o muro baixo, roseiral à frente, alpendre de um lado e a janela azul-marinho do outro, as duas folhas abertas iluminando a pequena sala apta a se converter em escritório particular.

Adélia chamou o menino no outro lado da rua para ajudar no transporte da bagagem, "você só pode estar cansada, Antônia, cinco horas de estrada, e com esse calor!". Antônia, mal fez o reconhecimento dos poucos cômodos, se viu sentada no sofá da sala, como que proibida de sair dali, e de lá acompanhou a movimentação do marido, a vizinha, o ajudante, feito fosse ela a visita do dia, "vou deixar esse rádio aqui em cima do aparador, depois você vê onde bota", "as malas e as duas frasqueiras vou colocar no quarto onde está a cama de casal", "a televisão chega amanhã, Jurandir confirmou no magazine, acabou de telefonar", Adélia reiterou o comando e seguiu distribuindo objetos pelos móveis, estendendo o tapete na sala de estar, "levante os pés, Antônia", dando ordens ao moleque, consultando aqui e ali a nova inquilina apenas para não fazê-la se sentir de todo excluída, certa do dever de poupá-la, três dias entre casar, receber convidados, despachar a mudança, arrumar a bagagem e viajar na rural sem nenhum conforto, a caminhonete parecia ter conhecido dias melhores no passado.

"Cuidado com essa caixa", Antônia Cibele se permitiu dizer quase levantando da cadeira e alongou os braços em direção à caixa de papelão transportada pelo menino, despertando o interesse de Adélia decidida a acompanhá-lo na mesma passada ao quarto do casal. Depois de mandá-lo sair e olhar para um lado e outro se certificando de que estava só, abriu a caixa e se deparou com o grande chapéu de cetim grená envolvido em papel de seda da mesma cor. Adélia corou, desembrulhou o chapéu usando apenas as pontas dos dedos, ergueu-o diante dos olhos e deslizou os dedos pelo veludo do laço para ambos os lados da fita em torno da aba, tomada por uma exaltação quase irreal. Deteve-se a olhar, aspirou a fragrância incrustada nele e cerrou os olhos, movimentando os lábios em leve sorriso de pluma solta no ar. Então abriu os olhos, desmanchou o sorriso, suspirou uma ausência indefinível, devolvendo o chapéu à caixa e ao papel de seda, sem ousar botar na cabeça, como seria a vontade do corpo inteiro.

Antes do final da tarde, quando os recém-casados usufruíam da sesta no dormitório entulhado pelas peças da mudança, Adélia voltou, trazendo o bolo de fubá, "acabei de bater, mas não quero atrapalhar, a porta de casa fica só encostada, se quiser não precisa nem tocar a campainha, vá entrando", dirigiu-se à Antônia, ciosa do rigor com o qual distinguir o sexo oposto, em especial o de aliança no anelar esquerdo, por mais que a gentileza e virilidade reconhecíveis no advogado o diferenciem de antemão, o que, por outro lado, torna mais exigente o levante dos escrúpulos. Mal a vizinha deu as costas, Dalton passou a chave não apenas na porta da rua, na do quarto também, e sem dar tempo à esposa de cogitar outra atividade, deslizou para a cama, após os acessos de língua, beiços, dedos e mãos, esfregando-se um no outro, meio de pé, por cima e por baixo dos panos, arrancando as peças da roupa com uma fome novamente silvestre, devorando-se em lábios, línguas, orifícios e a variedade de mucosas disponíveis. Antônia, que nem de longe cogitava outra prática para o fim de tarde, abriu as pernas, estendeu os braços e recebeu o marido à procura de porto onde ancorar, toda feita cais. Amaram--se feito marinheiros longe de casa, ancoraram e tornaram a zarpar, deram voltas na terra sem despregar os púbis, e quando o quarto anoiteceu e Antônia percebeu o marido bestializado, nu, exaurido, empapado de suor ao seu lado no colchão, ela se levantou, fez uma espécie de túnica com o lençol atirado no chão e foi à cozinha preparar o café na justa medida do pó. Apesar de bem intencionada, o café oferecido pela vizinha estava longe de alcançar a espessura adequada ao seu paladar indelicado: "mijo de pinto", resmungou para a chaleira em vapor, enquanto acrescentava duas colheres de pó à água quase fervendo, "prefiro sangue de galo".

Foi esta sua última expressão ordinária desde que, entregue à nova vida referendada pelo anel de ouro, dedicou-se a honrar o sobrenome acrescido ao nome escolhido para corrigir o equívoco registrado em cartório pelo pai. Nesta nova vida não cabem palavrões de nenhuma lavra, excessos ou qualquer atitude que corra o risco de parecer vulgar. A não ser nas horas esfogueadas entre as quatro paredes do quarto de casal, ou quando, no limite do fôlego, deixa por alguns dias a cidade, toma o trem na estação, e após quatro horas de um delicioso resfolegar sobre trilhos, desembarca na Estação da Luz, em São Paulo, onde seu amigo Brando, de chapéu na cabeça e bengala na mão, a espera, faça chuva, geada, ou sol de rachar moleira de criança graúda.

Desperta suando e consulta o relógio na cabeceira: falta pouco para as sete da manhã. Que sonho, este! Um Cavaleiro Templário. Cavalgava pelas ruas de Tomar, no interior de Portugal, vestindo o manto branco com a cruz, exortando a população a exigir a cabeça do papa devoto dos maus costumes de Sodoma e Gomorra. Ele mesmo conduzia e vibrava a tocha de fogo, os relinchos do animal despertando toda a aldeia. Ao empinar o cavalo arreado de ouro, gargalhava, arauto da Boa Nova, bendizendo a desintegração de prostitutas, pervertidos, messalinas, transviados de toda espécie. O céu se abria em fendas de uma ponta à outra do horizonte, e dali disparavam cornetas anunciando o Armagedom, esguicho de fogo lavando a terra numa ejaculação demoníaca.

Volta a fechar os olhos e permanece deitado, deslizando a mão pelo peito na tentativa de reverter a taquicardia, depois enxuga o suor no próprio lençol e toma um gole da água na cabeceira. Não voltará a dormir. O domingo amanheceu chuvoso e frio, está mais confortável sob as cobertas, porém Brando se espreguiça para despertar o corpo, lá fora os afazeres, a rua, a feira de domingo, a missa, a diarista que pediu para antecipar a faxina da segunda-feira. Ao seu lado na cama, *Madame Bovary*, os óculos, *A elegância do ouriço*, uma edição italiana de *A divina comédia*, *Filho de mil homens* e o *Aurélio* repleto de marcações a lápis de cor. Passa a mão na cabeça do São Francisco de Assis e leva a mão à boca para o beijo na ponta dos dedos, Dante Alighieri falou que o santo foi "uma luz que brilhou sobre o mundo", ele jamais esqueceu.

Deixa a cueca no chão e veste o pijama, levanta devagar. Ao lado da cama começa os alongamentos. O corpo responde com dificuldade a essas tentativas de alongar, obrigando-o a se esticar para atingir, depois manter, a vertical. Eleva os braços atando as mãos lá em cima, meneando a cabeça e respirando com profundidade, sentindo o ar insuflar os alvéolos, bolhas rotas de sabão. Leva mais tempo para despertar músculos e articulações quando se passou dos setenta, no entanto não tem pressa, nesta idade as horas se arrastam em velocidade contrária à passagem do tempo, tornando-se necessário alternar as atividades, pois, do contrário, se torna difícil distinguir um dia do outro. O sonho de ser maestro o acompanhou a vida toda, não deixa de utilizar esses procedimentos matinais para reger a partitura do corpo. Na velhice, é como se estas peças se desconectassem facilmente, tornando-se necessário realinhá-las cada manhã.

Maria Callas, a gata vira-lata preta, também está desperta, e os dois se movimentam pelo apartamento pequeno, olhando-se de quando em quando, num reconhecimento ainda diário. Embora bibliotecário uma vida inteira, Brando não consegue organizar os livros por aqui, o que o faz instaurar, na própria distribuição aleatória, a dinâmica de dividir o espaço com a gata chegada de pouco e as pessoas dos livros. A estante até o teto ocupa toda a parede abarrotada de cadernos, gibis, recortes de jornais, álbuns de figurinha, almanaques, e, nos últimos tempos, quadrinhos japoneses, os mangás, permutados com o neto, aficionado por eles. Caminha até a janela e espia pelo vidro a cidade na chuva. Poucos trovões, apenas um ranger grave e distante, São Paulo amanhece diante dos seus olhos em água e metal: "a cidade gris", ele diz as palavras encantatórias, gosta delas, chega a colecioná-las, talvez seja hora de reler *O nome da rosa*, a Idade Média tingiu de cinza a contemporaneidade, acha graça destes foguetórios mentais, despertou por completo.

Enquanto espera a água do café ferver, descansa a cabeça no braço esticado até a parede de azulejos brancos e fecha os olhos. Callas, em cima do banquinho de alumínio, pede com o miado adolescente um naco do iogurte em cima da pia. Ele enche uma colher de sopa, a gata se serve direto da colher, depois pede mais, ele a deixa lamber o que sobrou no pote. Coa o café, abotoa os dois botões da calça de pijama e liga o rádio. Senta-se à pequena mesa de vidro, depois de tirar os livros do banco. *Os Maias* e *Mrs. Dalloway*, Eça e Virgínia Woolf tão distintos, não frequentariam o mesmo parágrafo esses dois. Alonso, antigo companheiro da biblioteca, adquiriu a mania de ler os livros na própria livraria, agora que permitem isso. Lê o quanto consegue, grava a página na memória, deixa o livro fora da ordem alfabética, dificultando uma possível venda, e retoma a leitura da próxima vez. Semana passada informou ter lido em duas sentadas *A queda*, do Camus, em plena Cultura. Impossível, meu caro Alonso, ninguém consegue descer aos escombros de uma alma demolida cercado por indivíduos ocupados em escolher livros com a lista dos mais vendidos na mão; um mínimo de respeito pela bunda do escritor ainda é recomendável. Callas sentou em cima do livro publicado a partir do blog de uma jovem escritora incensada nas redes sociais: "o livro inteiro não vale uma só linha da Lygia", informa à gata, se levanta, retira o livro e o deixa em cima do jornal de sábado.

A fotografia da esposa na prateleira não o deixa esquecer: estivesse viva faria anos hoje, *cumpleaños*, em espanhol, como dizia a avó. Além das encantatórias, ele cuida das palavras explicativas. Uma palavra sempre pode sugerir coisa diferente da junção de suas letras; outras, ao contrário, se tornam definitivas pelo que nomeiam: *cumpleaños*, e não se tem dúvida ao que se refere. *Paraguas*, traduzindo guarda-chuva, tem a mesma precisão, *palomita* é outro achado. Não come pipoca, por restrição ao sal, mas talvez o fizesse se pudesse aludir às pombinhas de milho em voo sincronizado na panela: "*una bolsa de palomita, por favor*", e ratatatá, o milho pipocando ao fogo, metralhando a tampa. Conclui que *aseos* é perfeito para os toaletes e *equipaje* absoluto para o que nomeia: não há dúvida, o espanhol é uma língua infantil escrita a lápis de cor. Renova o café do São Benedito, sempre o primeiro a ser servido, depois caminha até o São Francisco, diante de quem acende a vela para iluminar a eternidade da falecida. Levaria flores ao cemitério, porém não estamos em época de violetas, e, embora modesta, Augusta possuía gostos definidos.

A imagem de Nossa Senhora Mãe dos Homens irrompe na sala. Ainda não a levou ao oratório porque, bela como é, merece um nicho próprio, e, grande assim, ocuparia espaço no móvel onde já estão Rita, Antônio, Francisco e o Sagrado Coração. Tivesse dinheiro, dividiria o tempo entre as livrarias, os cemitérios e os antiquários. Tão logo termine a restauração nos dedos do pé esquerdo, rachados, vai levar a imagem para o monge benzer. É possível que um deles se disponha a ir ao apartamento, entretanto Brando acredita nos rituais e na força do ambiente, para isso os templos, sua sombra e luz, as partículas e as narrativas. Esquenta o leite na boca do fogão. O pão é de sexta--feira, ele molha a mão na torneira da pia, respinga água para reidratá-lo e o leva ao forno aquecido. Pouco depois o pão está crocante feito as antigas fornadas da avó espanhola. Manteiga – ele não acredita em margarina – e apenas um toque da geleia de frutas vermelhas. Sentado, folheia a Adélia Prado: 'Deus é mais belo do que eu. E não é jovem. Isto sim é consolo'. A maior leviandade humana é insubordinar-se à condição de criatura e pretender-se criador. Considera leviano, porém não deixa de cultuar estes subversivos, a arte existe porque a vida não basta, Ferreira Goulart é Deus.

Terminado o café, entra no banheiro, *los aseos*, pega a caneta, as palavras cruzadas, detendo-se para tirar de cima do vaso *A montanha mágica*, onde sempre subir. A primeira vez que percebeu a diminuição do jato de urina um frio percorreu-lhe a espinha, raio disparado na água. Estava de pé no banheiro do metrô São Bento. Surpreendido, tirou a camisa de dentro da calça e a espichou com as duas mãos, na tentativa de ocultar os pingos de urina na altura da braguilha. Caminhou por três horas pelo centro da cidade sem se dar conta. Não leu uma única placa das lojas de rua, não tomou um copo d'água, desviou dos conhecidos, sempre em linha reta, primeiro indo, depois voltando, até chegar em casa. Aqui, despencou na poltrona de retalhos, o olhar perfurando a parede, o cansaço, não da caminhada, mas dos dias, submetido à infâmia mais uma vez. Lava a boca olhando-se no espelho, manchas senis serpenteiam-lhe pela testa e as têmporas, mas a visão dos dentes naturais o conforta. Alinha as duas arcadas e distende os lábios, usufruindo a visão do que ainda não foi atingido pela imolação absoluta, não deixa de ser alentador. Abre o chuveiro, retorna ao quarto, pega a cueca no chão e a joga na rota da ducha. Enquanto espera a água aquecer, recua e volta a se olhar no espelho embaçando aos poucos, a cara amarfanhada e magra, a barba por fazer, o sábado inteiro enfiado no apartamento às voltas com os novos mangás comprados na Liberdade e o trenzinho elétrico montado no chão da sala, desmontado apenas ao final do dia, paixão de infância. Este, de boa qualidade, comprou com o primeiro dinheiro da aposentadoria, e a partir daí o deleite, no mais das vezes solitário, como são os prazeres fundamentais. Passa a toalha de rosto no espelho, distribui a espuma de barbear pelo rosto e desliza a lâmina no sentido do crescimento dos pelos. Pega a tesourinha e apara pelos no nariz e orelhas – isso não!

A ducha talvez seja o melhor deste apartamento, justificando de certa forma a sua exiguidade. A água cai compacta e quente, esguicho lavando as dobradiças ressecadas do seu corpo, cutuca com a unha o umbigo, que quase não é mais, a vida só valerá à pena enquanto proceder aos asseios por conta própria e sem testemunhas. Permite-se demorar, a despeito dos avisos de economizar a água do planeta, "não estarei aqui para assistir à hecatombe nem transitar no solo seco", cantarola uma ária do *Orfeo* de Monteverdi, a sua preferida para os dias de chuva, a gata faz ruídos e azunha a porta pelo lado de fora como quem diz estou aqui, ele já entendeu, ela age sempre assim, não gosta de se sentir sozinha, ainda mais se ele no mesmo ambiente não pode ser visto.

Quando sai do banho, a campainha toca, Callas se enfia embaixo da cama. Ele pede para esperar, enquanto passa a toalha pelos cabelos, calça as havaianas e veste o roupão. Celina, a vizinha que além de pintar louças e tecidos faz doces e toca violino, veio trazer um pudim de pão feito na madrugada sem sono, receita do programa de culinária na TV. Outro dia ele a viu, sentada na ponta do sofá, encantada com a cara de plástico da apresentadora sem idade cronológica, reduzida a um utensílio de borracha, lutando para carregar o coração nos quadris. É terrível chegar aos setenta e não poder envelhecer, mas Celina não sabe disso, invejando a vitalidade que a outra não tem. Ele agradece, recebe o pudim ainda na forma e não a convida a entrar.

Celina insinua que está com o dia livre, ele sugere que o aproveite, pedindo licença para se vestir. É gentil, porém incisivo, quase duro. Durante décadas seu pau também foi assim, gentil, incisivo e duro. Em se tratando de pau, fica difícil ser gentil se não houver rigidez, aprendizados da velhice: "maturescência", a psicóloga falou no rádio, ele dispensa eufemismos, e à expressão 'melhor idade' muda de estação num zap, não apenas duro, mas indignado. Pensa novamente em Antônia Cibele, vai abrir o anexo do e-mail daqui a pouco, Antônia não fez parceria com as novas máquinas, eles ainda preferem as cartas e o correio para se comunicar, mas há as urgências, e para isso a modernidade é sopa no mel. Não entendeu o que está acontecendo no interior, porém reconheceu a urgência, apesar do distanciamento dos últimos tempos os anos não comprometeram a cumplicidade entre os dois nem o tornaram negligente aos sinais. Além disso, sonhou com ela duas noites seguidas na semana passada, sonhos não exatamente sinistros, mas perturbadores, resultando em fragmentos difíceis de articular em vigília, portanto não conseguiu transportar para o caderno nada além de dois parágrafos quase aleatórios. Brando não dissocia a vida vígil da inconsciência onírica; ao contrário, reconhece, em ambas, a mesma digital. O sonho pertence ao sonhador, sabe disso. Ainda assim, Antônia Cibele também diz respeito à sua identidade. Quem sabe tenha sonhado consigo mesmo deslocado para esta personagem que ajudou a compor, ao experimentar, ele também, a ousadia da criação.

"Estamos perdendo tempo", Antônia Cibele não se exaspera, mas é enfática ao se dirigir à vizinha, as duas debruçadas na grade de madeira circundando a cama, o caçula de Adélia se queimando em febre, o rosto vermelho como se estivesse exposto ao sol, o peito calafetado de Vick Vaporub, balançando-se para um lado e outro feito ninasse a si próprio, quase em silêncio de morte. Adélia levou o menino ontem ao consultório médico. Lá, o pediatra, depois de medicar e abaixar a temperatura, sugeriu que o observassem em casa, talvez amigdalite, quem sabe os pulmões, vai ver catapora em curso, todavia Antônia tem a impressão de que já o observaram demais, a criança desfalece, "leve Andrezinho a Ribeirão agora mesmo, Adélia, se seu Jurandir não puder ir, vou eu com você, o menino está no bico do corvo, se você não agir, o corvo engole ele". Foram dois telefonemas, um para o marido no banco, o outro para o médico, "será que precisa?", o médico ainda insistiu, e as duas estavam dentro do ônibus, ocupando as últimas poltronas lá atrás, ao lado da porta do banheiro de onde vazava um odor erosivo, mistura de creolina, dejetos e eucalipto. Andrezinho, por falta de assento disponível, vai espichado no colo das mulheres, suando embaixo da coberta, tentando firmar o dedo na boca seca, não chora esse garoto, não se queixa, um homenzinho.

– Abre um pouco a janela, senão o menino morre de calor antes de chegar a Ribeirão – Antônia não é dada a arroubos de carinho, porém não conta até três para tomar as providências quando as considera necessárias. Para isso não precisa da intimidade dos convívios nem rigores de estima, da mesma forma que não é movida pelo desejo narcisista de ajudar. Talvez não se trate sequer de querer ser útil, Antônia responde a um comando interno, da maneira como uma barra de ferro se desloca para frente ao ser submetida a uma pressão qualquer, sem se preocupar de onde ela vem nem por quê. Não que desconheça benquerenças ou se mostre imune aos afetos, longe disso: o próprio marido, naquele momento às voltas com estudos jurídicos e pesquisa acadêmica visando concursos públicos, tornou-se o centro dos seus cuidados, e ela não se faz esperar. Até mesmo estes vizinhos, passados poucos anos de um convívio no qual aqui e ali foram necessários ajustes para frear as interferências bem intencionadas e nem sempre bem-vindas de Adélia, revelaram-se bons instrumentos. Aos poucos, e por conta deste jeito diligente e sempre discreto, boa parte da cidade foi se tornando peça do mesmo recital, Antônia à frente regendo a partitura, aos moldes dos delírios musicais de Brando, todos satisfeitos por corresponder ao arbítrio, ou, antes, se posicionando na rota deste olho paramentado de rímel.

Há muito Antônia Cibele deixou de ser a mulher do juiz de Direito para se tornar ouro da cidade, contribuindo, por meio da postura criteriosa, para a boa imagem da magistratura local; Dalton Selibroto não dispensa sua companhia nos eventos sociais, acompanhando-a também às suas iniciativas de misericórdia. Aos moldes do marido, Antônia se isenta de participações político-partidárias, recusando os convites para se candidatar desde a vereança até a prefeitura, o que subverteria o predomínio masculino de ambas as instituições. "Prefiro administrar a minha própria cidadela", tem repetido como resposta a estas abordagens, embora considere, e afirme quando questionada, que o gênero de cidadãos e cidadãs não deveria ser critério para cargos desta ordem. Por cidadela compreende o seu lar, a vida doméstica ao lado do marido – o casal não tem filhos –, e as entidades de filantropia para as quais dedica a parte mais severa do seu tempo.

Acontecia o mesmo na infância. Antônia aprendeu cedo a se fazer respeitar. As circunstâncias contribuíram para moldar-lhe o caráter, porém, correndo ao largo das circunstâncias, destacava-se uma índole talhada, sobretudo, à independência, e mais tarde ao exercício do poder. Falou-se em luxúria, amoralidade, genética, conclusões precipitadas, as contingências pessoais são no mais das vezes insondáveis.

Violeta casou um ano e meio depois da morte do marido, substituindo a displicência e a aspereza dos homens circunscritos à masculinidade, pelos modos corteses de Hermes Augusto do Amorim, o Nonô, quem sabe um sol na vida sombreada da casa; na infância de Toninha, uma nesga de luz. Foi ao seu lado que Toninha, na manhã barulhenta do dia 16 de julho de 1950, desembarcou na rodoviária do Rio de Janeiro, para mais tarde fazer coro à multidão de duzentos mil torcedores ocupados em impulsionar, no Maracanã, o escrete canarinho na final da Copa do Mundo contra o Uruguai, a primeira edição do evento a se realizar desde o fim da Segunda Guerra Mundial. Tudo antecipava a comemoração, a cidade em festa, o país pronto para fazer explodir o delírio coletivo de felicidade. Os canários, no entanto, não conseguiram permanecer em voo depois de arribar aos dois minutos do segundo tempo, quando estufaram a rede uruguaia, abrindo o placar. Abatida no ar, a revoada verde-amarela despencou sob a mira da seleção uruguaia a poucos minutos do final do jogo, permitindo que a equipe vitoriosa transferisse para o país vizinho não apenas o caneco, mas o ânimo da celebração programada para todo o território nacional.

O domingo só não foi de todo perdido porque Nonô, apesar do apreço pelo futebol, tinha outros interesses, além de contar com um bom humor pronto para emergir, subvertendo as situações desagradáveis. Tão logo esvaziou as lágrimas de frustração no maior choro coletivo da história do futebol, abandonaram o Maracanã cruzando os portões atravancados de gente, detendo-se apenas para observar o calçamento em torno do estádio, responsável por dar fim à lama acumulada nos dias de chuva, segundo noticiavam as revistas e os jornais. Após pedir informação a torcedores não menos frustrados a caminho das casas ou dos bares, os dois chegaram à Confeitaria Colombo, no centro da cidade, um oásis de cristais e aromas na opacidade do dia.

Sentaram-se no salão superior um em frente ao outro. Olharam ao redor para se certificar de onde estavam e sorriram o prazer compartilhado, enlaçando as mãos sobre a mesa assentada em pés de ferro fundido, conforme Nonô salientou ao percuti-los com o nó dos dedos. Voltaram-se, registrando outra vez o entorno, perscrutando cada detalhe, o ladrilho hidráulico do piso, o pé direito duplo, cada um a serviço do próprio olho, distantes de qualquer interesse que não fosse aquilo. "Art Déco", Brando informou quando estiveram ali alguns anos depois, na véspera de pegar o navio rumo à Europa, a caminho de Paris. Naquela noite, ao lado do padrasto, Toninha deslumbrava-se com a arquitetura dos salões e os espelhos de cristal emoldurados por frisos talhados em jacarandá, a claraboia decorada com vitrais ajustados ao mobiliário austero que, apesar da austeridade, não intimidava ninguém. Ao contrário, os acolhia entre os interstícios da mobília. As pessoas se movimentavam pelo salão com a desenvoltura das que transitavam pela tela das matinês no cine Arte Palácio, convidando-os a ocupar, por um instante, o mesmo cenário; sorriam entre si e se apertavam as mãos, partilhando estes silêncios cheios de gritos.

Toninha se levantou da cadeira e correu para se debruçar na balaustrada, apreciando, lá embaixo, a elegância do salão principal, também ocupado por uma gente em tudo oposta aos torcedores turbulentos do estádio e às outras tantas, amorfas, com as quais convivia no interior. Um garçom vestindo paletó preto e de guardanapo pendurado no antebraço oferecia a carta de vinhos à mesa de um casal, cuja mulher usava um chapéu de cetim azul-marinho, destacando-a entre as outras do salão, ocupando toda a extensão do olho rastreando aqui de cima, e a própria alma.

Brando viria a discriminar as mesas um dia ocupadas por gente como Olavo Bilac, Machado de Assis, Chiquinha Gonzaga e o maestro Villa-Lobos louvando as aplicações do canto orfeônico, porém, naquele momento, Toninha e Nonô não estavam interessados em nada além daquilo, o seu modesto conhecimento desses clientes era só de ouvir falar, não lhes dizia respeito nem tinha qualquer relevância, queriam apenas estar ali, e sentir, e permanecer.

Quando, mais tarde, a vida se encarregou de erguer uma nuvem de fumaça à frente desta fonte de luz embaçando-a, era a esse tipo de memória que Antônia recorria para se manter de pé, cortando a névoa espessa, quase sólida, interposta entre o seu cotidiano e o aspecto fluorescente de momentos assim.

Passado o deslumbramento, estimulados por outro garçom de sorriso na boca, brilhantina no cabelo e caneta na mão, dedicaram-se a consumir as economias destinadas à comemoração da vitória, aqui às avessas, igualmente oportuna, numa quase furtiva felicidade. Duas horas depois, os dois subiram no bonde, atravessaram boa parte da cidade sobre os trilhos, desceram, descalçaram os pés e foram caminhar pela praia de Copacabana sob o céu noturno do litoral, se divertindo com as espumas da arrebentação, expondo-se à brisa e depois ao vento marítimo encarregado de varrer os últimos vestígios de frustração, incapaz, entretanto, de poluir a memória do domingo tão mal iniciado.

Pegaram o ônibus de volta no final da manhã seguinte, chegando a casa pelo meio da noite, molhados de chuva até a medula, porque não tinha transporte disponível na estação rodoviária para levá-los até lá, nem mesmo as charretes de aluguel havia mais naquele horário, obrigando-os a concluir o trajeto a pé. Nada disso foi capaz de alterar a camaradagem entre os dois, ameaçada só quando, ainda no pequeno terraço de entrada da casa, Toninha teve a impressão de ver um vulto escapar pela janela lateral à esquerda e desaparecer na chuva. Olhou para Nonô, ele se manteve impassível e desviou os olhos, ocupado em escorrer a água do rosto, do cabelo e dos braços, encaminhando-se para fazer o mesmo com o seu corpo também encharcado. Ao perguntar se Nonô tinha visto alguém ou alguma coisa precipitando-se pela janela, ele já se encontrava com a chave na porta, voltando-se apenas para tirar do chão a pequena mala onde estava a muda de roupa de cada um, os poucos utensílios de uso pessoal e o talher de prata surrupiado na Confeitaria Colombo.

Violeta não saiu para recebê-los, porém a luz da sala estava acesa, o que de certa forma atenuou a sensação de desamparo comum à Toninha, vai ver sugerisse alguma cortesia da mãe com o marido antes de se recolher ao quarto do casal. A duras penas, aprendia a conviver com o jeito escorregadio de Violeta. A atitude do padrasto ao desviar os olhos de sua interrogação perturbada demonstrava, esta sim, uma omissão surpreendente, certa covardia, e isso, mais do que o comportamento da mãe, parecia desconcertante. Entrou no quarto em silêncio, tirou a roupa molhada, tomou um banho frio e despencou na cama, sem atender ao chamado insistente de Nonô. Do outro lado da porta, sem fazer barulho para não incomodar a esposa, ele anunciava com a boca quase grudada na dobradiça o leite esquentado agorinha mesmo na boca do fogão.

À mesa do café da manhã, o interesse da mãe pela viagem ao Rio de Janeiro, expressado em indagações genéricas e perguntas aleatórias, não se mostrou convincente, da mesma forma que não parecia verdadeira a frustração com o resultado do jogo, assunto de todas as estações do rádio em cima da cristaleira. Violeta parecia interessada apenas nas próprias perguntas, não nas respostas, convertendo em evasivas e excesso de manteiga no pão – lambuzando-o para um lado e outro de modo autômato – a falta de interesse.

"Tire esses olhos de cima de mim", ela disse afinal, tão logo Nonô se levantou da cadeira e seguiu em direção à marcenaria do quintal, com o rádio embaixo do braço. Em seguida, arrancou a toalha da mesa e a sacudiu na pequena horta ao lado, deitando fora os farelos de pão. Dali mesmo, aproximando-se da porta aberta que dava para a cozinha, continuou: "O Hermínio, da Justina, morreu essa noite, vamos lá cuidar dele", e como Toninha não esboçasse nenhuma reação, pernas e braços cruzados acompanhando os poucos movimentos da casa apenas com os olhos, Violeta insistiu, dobrando a toalha em golpes rápidos, atravessando o batente: "Você ouviu o que eu falei, Antônio José?".

Antônio José descruzou braços e pernas, desviou a franja da testa com pequeno movimento de dedos e se levantou devagar, alongando a coluna e mantendo o silêncio, afinal, quando Violeta o tratava pelo nome de batismo, evitando o Toninha que ela mesma escolhera para se referir ao filho desde muito cedo, o mais sensato sempre foi obedecer ou simular obediência. Andou poucos passos e estava no quarto, fechou a porta, descalçou as sandálias, tirou o calção e a camisa do pijama, vestiu a calça curta amarelinha sem nenhum enfeite e a camiseta branca lisa também, tudo neutro, uma vez que não se exibem estampas nem qualquer matiz de tintura na hora de assear os falecidos.

Brando desfaz a cama, a gata subiu ali, "desce, Callas!", ela pula para a mesa do computador e dá-lhe as costas. Dia de separar a roupa suja, ligar a máquina de lavar, organizar o cardápio da semana, não comeu peixe semana passada, e o excesso de doces, cuidados com o colesterol, as estatinas em falta no Posto de Saúde, a ameaça de trombos, isquemia, os infartos. Há pelos de Callas na cama, e, no lençol, duas manchas recentes a expurgar, daqui a pouco a faxineira, uma vez a cada três semanas. Nesta idade é quase seco o prazer, o sumo escasso produzido agora só serve para reportar aos antigos períodos de inundação, maculando os panos, capaz apenas de evocar alguma virilidade renitente, puxa o lençol numa tacada só, a gata se enfia atrás do computador, erguendo uma antena preta com o rabo em riste.

Desliga o rádio e bota o CD: ainda Joan Sutherland, quem resiste? Senta-se na beira da cama e cruza as pernas, amparando o queixo com a mão. Ninguém transita entre graves e agudos como esta garganta. Quando o amigo secreto do Natal de 78, na Biblioteca Municipal, perguntou durante a correspondência anônima quem ele seria se não fosse quem é, respondeu, sabendo que falaria às paredes: "a voz de Joan Sutherland": nada sobe tão alto e desce tão fundo quanto esta voz. Não fosse bibliotecário, não fosse este som, seria caixeiro viajante, um pombo-correio, e viajaria por acordes distantes. A gata só não se chama Joan porque quando o neto a trouxe da rua andava assistindo ao DVD de Maria Callas, encantado com o concerto de 1959 em Hamburgo, porém jamais preteriu a australiana em favor da grega. Evidente que não há presença cênica como a desta Maria, contudo, no abstrato do som, a garganta de Joan continua insuperável. Escolheu bem, a sua Callas exibe todos os matizes da Maria original. Nada mais oportuno: depois da docilidade de Dora, morta em seus braços aos dezenove anos, tal têmpera vem a calhar.

Levanta-se, Callas se põe ao seu lado e o segue, sem se voltar para ele nenhuma vez. Talco nas meias, calça de tergal, lenço no bolso da calça, sapatos pretos engraxados no Largo do Café. Borrifa a colônia no meio do quarto e atravessa o vapor perfumado. Toca o celular: *Clotilde*. Não tem interesse em falar com a filha assim tão cedo, mas atende, ela quer saber se papai está bem, aniversário da mamãe, ele está, não se preocupe, recomende-me ao seu marido, diga ao meu neto que o espero à tarde, até mais, pronto, desligou. O nome da filha foi escolha da falecida. Por ele, nomearia a menina com algo mais eloquente: Maria Antonieta, Valentina, Eleonora, talvez Elisabeth. Elisabeth?, Deus sabe o que faz: a filha nunca cruzaria os muros de Buckingham. A experiência mais elevada atingida por ela foi uma visita ao pico do Jaraguá monitorada pela professora de Geografia, a menina teve tontura, "tipo um passamento, papai", quase vomitou. Clotilde se julga feliz, sequer desconfia ser esta sensação a prova definitiva de sua mediocridade. Gostaria de lhe dizer que a verdadeira viagem se faz na memória, mas Clotilde é concreta demais, nunca decola, sitiada pelo muro construído a traços de giz em parceria com o marido, piloto dos voos rasantes. Hoje também faz cinco anos da viuvez, a mulher morreu no dia do aniversário. Não foi o marido ideal por falta de talento, mas alguma dedicação existiu. O casamento não resultou de todo mau, porque a esposa não o solicitou demasiado nem competiu com as pessoas dos livros, fazendo vista grossa para tudo o que considerou periférico. O amor esponsal é o caminho mais curto para a santidade do espírito. Exemplar, não fora o atrevimento do corpo e a curiosidade dos olhos, a regalia das mãos. Celina, também viúva, tenta seduzi-lo com fogos de artifício, talvez seja tarde demais.

Abre dois dedos de janela para circular o ar e abaixa as persianas. Pega as duas sacolas e o guarda-chuva pendurado na chapeleira ao lado da porta. Hesita entre pegar ou não a bengala, acaba desistindo, já tem o guarda-chuva. Deixa o som ligado num volume suficiente para sonorizar o apartamento, servindo de companhia para a gata, agora o encarando da poltrona de retalhos, *Que reste-t-il de nos amours,* João Gilberto deveria ser canonizado após o cerimonial fúnebre no Père-Lachaise, o ambiente ideal para o artista usufruir a eternidade ao lado de Balzac, Proust, Wilde, Piaf, Sarah Bernhardt, a própria Callas, todos seus iguais, meu caro João, cinzas dos mesmos ossos.

No elevador, a moradora do apartamento de cima. Ele a cumprimenta, ela recende à verbena, Ivete é gorda, imensamente, e também frequenta o Mosteiro aos domingos, mais tarde estarão lá, na missa das 10. Não consegue deixar de imaginar a virilha da moça com certeza assada, o entrechoque das pernas na raiz das coxas é inevitável com este diâmetro, está calafetada com pomadas viscosas, a calcinha úmida, engole uma náusea e fixa o piso do elevador sem mover os olhos de lá, o corpo também imóvel. Na recepção ela desce e se despede com o riso desprevenido, ele retribui com leve menear de cabeça. Detém-se para cumprimentar o porteiro e evitar o risco de dividir a calçada com a vizinha achacada. Na televisão, a repórter permanece de plantão em frente ao prédio do rapaz assassino, 'são demais os perigos dessa vida', Toquinho advertiu há muito tempo. O Ceará, depois de receber as chaves do apartamento com ordem de entregar à faxineira, volta os olhos para a tela sem piscar. Uma multidão faz barulho atocaiando o prédio, exibindo fotografias de famílias felizes, cartazes exigindo justiça, vingança, a interferência de Deus. Ele olha para a TV com a certeza de que jamais faria parte daquela turba; não por falta de sentimento cristão, aqui desnecessário, mas por reconhecimento da miséria humana e fidelidade a seu epicentro moral. Não se permite estes delírios, um Cristo só é pouco para tamanha indigência, e ainda há os que, exalando mau cheiro, permanecem insensíveis ao fétido odor.

– Este mundo está perdido, seu Hildebrando – o porteiro comenta sem se virar.

– Não o suficiente – responde em retirada.

Quando chegaram à casa de dona Justina havia pouca gente. Apenas os de casa, o padre Domingos paramentado para a extrema-unção, a diretora do Grupo e o velho Alípio Alma, o vizinho de frente, incumbido de abastecer de leite uma parte da cidade, dono do Armarinho Central. Lá, Toninha ia buscar quebra-queixo ou queijadinha de coco quando a mãe não lhe dava dinheiro para as revistas com as cantoras de rádio ou os bonecos de pano feitos à mão por dona Azula, mulher dele, agora acabando de entrar. Sobre o lábio superior de dona Azula sombreava um discreto buço, referido por Violeta como bigode, no exagero comum à sua implicância com ela. Seu Hermínio permanecia deitado na cama de casal, vieram avisar. Da sala se via a porta apenas encostada. Ali tinha passado os últimos meses antes de morrer, sem se levantar nem para as precisões humanas, que dona Justina insistia em chamar das necessidades, termo levianamente utilizado para se referir ao escoamento desses tubos sanitários. Na verdade, o velho Alípio Alma não era sequer velho naquela época, mesmo considerando que até os treze anos incompletos qualquer criatura acima de um metro e meio de altura, ainda mais com aqueles tufos de cabelo grisalho nas laterais da cabeça, fazia parte de uma espécie a qual meninos e jovens não acreditam ser a sua. Apesar disso, Toninha gostava de espiar como as coisas aconteciam do outro lado. E gostava, em especial, quando eles não se davam conta de sua presença, nem testemunhavam os olhos de língua com os quais saboreava, daqui, a vida degustada do lado de lá.

Mãe e filho encontravam-se a trabalho, a manhã se erguendo por cima das casas e de todas as cabeças. Sem largar a mão de Toninha, Violeta cumprimentou quem encontrou pela frente, abraçou a meio corpo dona Justina, beijou a mão do padre com o bico dos beiços, meneou a cabeça para dona Azula e foram entrando. Toninha estranhou que ninguém chorasse na casa. Mesmo quando a trabalheira das longas enfermidades não deseja outra coisa senão o desfecho para o sim ou para o não, tem sempre um parente mais sentimental ou dissimulado a quem se pode dirigir o "foi melhor assim, descansou", antes de acolher no ombro o rosto tingido de vermelho nos olhos e no nariz, a baba escorrendo pelos cantos da boca tremelicando o choro. Não era o caso; a morte de Hermínio foi recebida com a calmaria das bem-aventuranças. Violeta ainda insistiu com dona Justina e Carlos Alberto, o neto criado pelo casal, porém se viu obrigada a recolher as condolências, antes de ter o cinismo desmascarado pela inutilidade, soltando a mão suada de Toninha, rápido em deslizá-la pela calça curta até secar.

Dona Justina e padre Domingos os acompanharam à porta do quarto, contígua à sala. Fecharam a porta depois de entrar, ninguém os seguiu. O morto estava plácido e sem cor, numa imobilidade compatível com a monotonia da casa. Violeta botou o véu na cabeça, se sentou na cadeira ao lado da cama e passou para o filho os panos da higienização; a bacia com água ao pé da cadeira, uma barra de sabão, meio litro de álcool. Toninha deu o seu melhor, como sempre fazia nessa prática. Embora sem feridas ou secreções aparentes, deslizou o pano umedecido e levemente ensaboado por todo o corpo nu do seu Hermínio, se detendo nas dobras, nas virilhas e nas juntas, como se fungos e bactérias ainda fossem capazes de incomodá-lo ou lhe roubar o sono. Alinhou os olhos dele, dando a seguir um jeito nas sobrancelhas, duas lagartas peludas e desgrenhadas, uma em cima de cada olho. Depois o empoou dos pés ao pescoço. No rosto espalhou uma base quase sem cor, seguida do pó de arroz muito suave, tomando cuidado para não afeminar seus traços de homem, dois chumaços de algodão no nariz, pelos aparados nas orelhas, seu Hermínio resultou asseado, feito o bebê erguido de uma banheira de espuma e sândalo. Violeta cortou a mortalha após espichar na cama e passar a tesoura no tecido azul deixado por dona Justina no braço da cadeira onde ela estava sentada. Da mesma bolsa de onde retirava os aviamentos tirou linha e agulha e passou para o filho, ágil em alinhavar a mortalha no corpo do morto, cuidando para arrochar o nó ao final de cada costura, evitando qualquer rompimento provocado por um possível inchaço ou sangria súbita, nada incomum nestes ajustes finais do organismo.

 Toninha pegou o envelope com o agradecimento na mesa de cabeceira, Violeta se levantou, abriu as duas abas da porta, postou as mãos e avisou que o morto estava pronto. Aproximaram-se. O asseio do corpo e o caimento da veste chamavam a atenção até de quem não estava habituado à distinção dos detalhes. Padre Domingos botou as mãos nos bolsos da batina, meneou a cabeça e ficou olhando. Dona Azula espalmou a mão no rosto plácido, escorando uma banda dele. Violeta colheu todos os louros, Toninha flagrou um olhar abonador do Alípio Alma endereçado a ela, emitido daquela tribo onde eles habitam. A mãe retribuiu com um risinho miúdo, que em outra boca se diria inocente, na sua não. O padre se aproximou da cama para os procedimentos, a vela cravada no pires tinha apagado fazia algum tempo, ninguém pareceu notar, Toninha riscou um palito de fósforo atraindo a atenção de todos e acendeu novamente a chama. Seu Alípio pediu para acompanhá-los até em casa depois de ajudar a transferir o falecido para o caixão ao lado da cama. Toninha e Violeta lavaram as mãos na pia do banheiro com água e bastante sabão, ela tirou o véu e o guardou na frasqueira sempre à vista. Dona Justina, depois de agradecer e elogiar os procedimentos, convidou a todos para o café com bolo na cozinha, a mesa posta para a merenda, seis cadeiras à disposição. O aroma do café recém-coado se impondo ao cheiro da vela queimando parecia irrecusável; Violeta, no entanto, recusou, alegando pressa, o almoço por fazer, Nonô em casa, pegou de volta a mão do menino e a puxou ao encontro do vestido na altura da coxa. Dona Azula se juntou aos dois e saíram os quatro.

Toninha gostava de andar de calça curta pela rua. Em especial aquela amarelinha lhe caía bem. Na discrição da cor parecia alongar suas pernas por natureza longas, retas, lisas de pelo; nunca teve joelho saliente ou qualquer curvatura na altura das coxas, a carne por dentro dos ossos, como a mãe dizia em troça ou numa espécie de elogio, especialmente se estivessem na companhia de alguém: "todo torneado, o Toninha", e sorria, dando um tapa na bunda do menino, como se o quisesse fazer marchar, às vezes um peteleco no ombro, chegando a lhe assanhar a franja, quase divertida; a intensidade, mais na expressão do que no sentimento. Violeta insistia em testemunhas se decidia exibir seu amor por este filho, um amor pequeno demais para ser percebido a olho nu ou apenas quando a dois.

Alinhados em quatro, ocupavam a lateral da rua para não atravancar a calçada: dona Azula, seu Alípio, Violeta e Toninha na outra ponta carregando a bolsa com os instrumentos de limpeza. "Hermínio foi um homem tão bom que nem a ingratidão da saúde foi capaz de devastar a placidez do semblante", Alípio quebrou o silêncio, logo restaurado, ninguém esticou o comentário, sequer desviaram os olhos para ele. Toninha também percebera a mansidão do falecido, ainda mais realçada pela solidão do quarto, a vela apagada e o silêncio de vozes. Levantou os olhos até Alípio numa espécie de compreensão. O olho de Alípio não chegou até o seu, estancou no rosto de Violeta, da maneira abrupta com que um motorista enfia o pé no freio, na tentativa de evitar um atropelamento súbito. Toninha percebeu um arrepio na nuca capaz de fazê-lo desarticular o quarteto e ganhar a dianteira, não fosse a pressão da corrente imaginária que o atava à mãe. Lembrou-se do dia em que Leandro foi embora para o estrangeiro, não fazia muito. Entrando em casa, de volta da rodoviária, se deparou pela primeira vez com a amplitude dos espaços vazios. A pequena casa se expandira de uma hora para outra na ausência do irmão, transformando-se num acúmulo de espaços vazios. Dirigiu-se ao quarto ocupado pelos dois e se deitou na cama dele, buscando acomodar a melancolia em suas digitais ainda frescas, meu irmão havia dito, antes de partir, que precisava ir embora porque, por mais que insistisse, a sua vida nunca alcançaria a dimensão da vida do nosso pai, o tamanho que ela alcançou, e a expansão. A liberdade. Repetiu a palavra expansão, insistiu na liberdade, e para não deixar dúvida quanto ao que queria dizer, arqueou as mãos em concha e afastou uma da outra esculpindo a palavra, logo pensei num balão, cheguei a ver o balão na mão de Leandro, vermelho, vivo e cheio de ar. Ele disse que não tinha como me lembrar, uma vez que eu tivera pouca intimidade com papai, mas na vida dele até o tempo contava diferente. Uma hora durava mais do que sessenta minutos. O dia, mais de vinte e quatro horas, o mês... e o que dizer do ano, então? Como se o papai vivesse muitas vidas numa só, o que tornava sua vida não apenas alta, mas larga também. A nós estava reservada outra, menor e estreita. Se estufássemos essa vidinha com aventuras e piruetas, ela até poderia se alongar, mas jamais alargar ou se estender para as ribanceiras do mundo. Por isso era preciso ir. O meu dia também ia chegar, e eu que não estivesse cego de ver, entretido com o faz-de-conta, essa mania de sempre escolher o irreal. Ainda sentado na minha cama, a mala fechada em cima da cama dele, Leandro abriu as duas mãos, e sem desviar os olhos dos meus, deixou o balão escapar das suas mãos e subir, para que eu visse como se faz.

Naquele dia, Nonô sentou próximo à cabeceira, deslizou a mão pelos seus cabelos e teria oferecido o colo, não fosse a insistência de Toninha em permanecer sozinho, "cuida da criança, Violeta", Nonô se levantou e disse a ela ao se cruzarem na porta do quarto, porém a dor de Violeta era sempre maior do que a dor do outro, Toninha desocupou a cama à sua ordem e seguiu Nonô a caminho do quintal, tentando reproduzir com as mãos abertas o movimento do balão, permitindo que a mãe ocupasse o devido espaço naquele pequeno latifúndio de afeto familiar: a cama vazia do primeiro filho.

O amor é um porto para todas as embarcações. Em seu porto de menino, a mãe ancorou uma canoa; Nonô, um transatlântico. Toninha não saberia dizer o tipo de veículo ancorado pelo pai. Ao contrário do irmão, pouco esteve com ele de fato, foram escassos registros; o maior deles, a cavalgada em sua perna na ponta do sofá da sala, o cavalo a galope os matando de rir. Noutras vezes, sua chegada em casa pelo meio da noite falando alto, respondendo com gritos aos gritos da mulher, o eco de sua voz alcançando a cama onde Toninha se refugiava, apertando os olhos com força para não escutar. Aí ele tinha medo, porque não conseguia reconhecer naquele homem, o dono do cavalo onde gostava de galopar se o pai estava sóbrio, chegava cedo e parecia proprietário de tudo ali. Um proprietário amistoso e cheio de entusiasmo, ao qual seria bom pertencer. Aos primeiros comentários de sua participação na morte do marido, Violeta encerrou o assunto com um "antes tivesse sido eu mesma" suficiente para convencer os filhos de que ela não tinha nada a ver com aquilo, o pai sofrera o mal súbito responsável por fazê-lo despencar do telhado, decorrente do excesso de bebida e cigarro, conforme documentaram no atestado de óbito.

A partida de Leandro mudou as coisas de lugar, a casa aos poucos restaurada. Toninha amava as cantoras do rádio; Marlene, acima de todas. Pelas revistas do armazém do Alípio Alma e os programas da Rádio Nacional do Rio de Janeiro acompanhava as disputas entre Marlene e Emilinha Borba, a competição pelo título de rainha do rádio de cada ano, os fã-clubes se digladiando entre eles lá, deixando-o ansioso para se aliar ao exército de lantejoulas, pronto para servir na frente de batalha. Ocupando sozinho o quarto, ficava mais fácil se isolar e imitá-la à frente do espelho enferrujado do guarda-roupa, embarcando neste carrossel a léguas da turvação da casa; assim, com a disciplina de quem se concentra no camarim antes de entrar em cena, eu adornava os braços com pulseiras de serpentinas, transformava a coberta da cama num vestido salpicado de paetês até o chão e subia num salto inexistente, me botando na ponta dos pés e sorrindo para a plateia formada pelo travesseiro, a boneca de Lavínia que eu pedia para pernoitar em casa e os sapatos emparelhados no guarda-roupa concentrados na primeira fila. O sapato do uniforme virava um microfone, e os cadarços, tiara de cetim me adornando

ANTÔNIA 49

a cabeça, de cujo nó um fio escorria pelo canto do olho, me obrigando a jogá-lo para trás, como fazem as meninas com cachos e caracóis. Eu tentava não erguer a voz, me conter, porém Marlene exigia ímpeto e agilidade, verve, não havia como não entornar, é que se talhava um precipício dentro de mim, e ao entorno dele se dependuravam todos os meus sonhos.

Ninguém, contudo, parecia ouvi-lo, Toninha insistia, mas não havia aplausos nem interdição, seria preciso adquirir um destino capaz de ultrapassar as paredes de silêncio, demolindo os tijolos um a um, até chegar aqui onde ele tentava impor sua existência, de modo que ansiava por um batom para deslizar na boca, alongar os cílios até emoldurar os olhos, distribuir o ruge por todo o rosto e subir num salto verdadeiro, alto o bastante para escapar do chão. O problema é que não havia batom em casa, Violeta não se maquiava, não usava esmalte nas unhas, rímel nos olhos, nem calçava sapatos de salto. Não obstante, apesar de pouco feminina, Violeta exercia uma espécie de poder sobre certo tipo de homens atraídos por esta falta de salamaleques associada à rigidez de soldado em combate, sempre ativa e alerta, grave, mamãe. Envaidecida com o porte severo do colo, a parte do corpo à qual dedicava o luxo de talcos e a lavanda, mamãe seguia a marcha anunciada por seus peitos marciais, sem sequer bambolear os quadris. "Se ao menos eu tivesse peito", eu lamentava, até o dia que decidi acrescentar um sutiã recheado de papel ao figurino, ajustei-o ao tórax, amparei-o com as duas mãos e me senti encorpar. Certa tarde, topei com um batom largado no balcão da mercearia do Alípio Alma ao lado da caderneta de fiados, cheguei a escondê-lo na mão fechada e permaneci imóvel ao pé do balcão, deslocando a cabeça entre o teto, as prateleiras e a cara dele, observando os seus movimentos do modo mais distraído que consegui simular. Saindo lá de trás, ele veio até onde eu estava, abriu minha mão, segurou-a entre as dele, e antes de devolver o batom à prateleira traçou um pequeno risco em meu rosto num só golpe, sorrindo alguma coisa entre reprovação e conchavo. Esfreguei o dorso da mão na cara e saí pela porta sem olhar para trás.

O sorriso e o possível significado passaram despercebidos naquele dia, entretanto no trajeto da casa de dona Justina à nossa, quando o arrepio na nuca eriçou a penugem do meu pescoço, seu gesto adquiriu um sentido, embora eu não soubesse qual. Voltei-me para ele mais uma vez, o sol nos incendiava a todos, e num delírio pouco comum ao meu raciocínio concreto, vi o desenho do destino rabiscar uns traços, ajuntar as linhas e se dirigir ao meu encontro, atendendo ao desejo de que a vida afinal resolvesse começar. Virei a cabeça para mamãe, para dona Azula, novamente mamãe, dona Azula, Alípio Alma: os três marchavam em frente, como se fazia na parada escolar do 7 de Setembro. A associação das imagens e a rebentação dessas maravilhas quase me fizeram rir: eu também gostava de marchar vestido no uniforme do colégio engomado para a festa, embora não o chamasse marcha, dizia desfile, mais de acordo com a afetação despertada pela passarela da rua e os olhos curiosos da calçada.

Toninha se acostumara a ser observado na rua, na escola, no comércio, na igreja. As pessoas o espreitavam desde sempre, os homens até mais do que as mulheres, alimentando com expressões severas o incômodo intermitente dos dias. Acontecia de senhores mais velhos o fixarem por um tempo mais longo do que seria normal. Ao perceber, ele chegava a retribuir o olhar, valendo-se da velocidade com que um pensamento atropela outro, e outro mais, depois seguia em frente, voltando o rosto apenas de vez em quando, retomando a marcha com um leve meneio de cabeça, talvez certa satisfação extravagante, afastando-se em direção contrária. Os olhares adultos o alcançavam por vias distintas, ele se deu ao trabalho de considerar, deitado na cama, antes ocupada pelo irmão, enquanto com as mãos cruzadas sob a nuca fixava o teto sem forro. Havia alguma hostilidade no olho das mulheres; certo agastamento no olhar dos homens. Em ambos, desconforto e uma especulação silenciosa, como se estivessem diante de um pequeno forasteiro capaz de perturbá-los, mas sobre o qual não devessem tecer comentários. Não o olhavam com desconfiança ou qualquer espécie de apreensão, uma vez que isso lhe conferiria uma importância inconcebível. Assim, se retraíam e o deixavam seguir: o caçula da Violeta, o menino do finado Fausto, tão diferente do irmão mais velho, este sim, o jeitão do pai desde moleque. Os meninos às vezes o cercavam na rua ou na saída da escola, talvez à noite ao seguir sozinho para cumprir mandados da mãe, comprar um doce, ou se quisesse participar das brincadeiras embaixo do poste de luz. Primeiro fingiam aceitá-lo, mas logo começavam as hostilidades, exigindo que abaixasse o calção para tê-lo nu à vista de todos, excitados por constatar as diferenças, testemunhar a ausência do que ele sabia o quê. Noutras vezes tentavam erguer seus braços para alcançar-lhe as axilas e puxar-lhe a pele sem pelos, intimá-lo a chamar cada qual pelo nome, para rir de sua voz desigual. Toninha passou a evitá-los e até neutralizar cada um com a indiferença fingida ou real, sem revidar os objetos que aqui e acolá lhe atiravam, acompanhados de algum tipo de achincalhe, esse tipo de curra moral que costuma anteceder a violência propriamente dita. À única tentativa de curra física ele escapou pelas mãos do vigia noturno, responsável por varrer a molecada e trazê-lo de volta a casa no selim da bicicleta, uma noite de ventania anunciando a tempestade que a própria fúria do vento dispersou.

Não foi sempre assim. A princípio Toninha não percebia o interesse que despertava, por não identificar em si artefato digno de especulação. Sua natureza era tudo o que conhecia de qualquer natureza, ocupava o próprio corpo desde que nasceu, portanto não o surpreendiam as possíveis diferenças, nem via motivos de expedições para dentro dele, não havia enigmas a desvendar. Com o tempo, não apenas percebeu como fez uso das divergências, ao considerar possível. Nenhum desses expedicionários esteve apto a intimidá-lo por longo tempo, tampouco o devassar para dentro da calça curta, da camisa, da cueca, quando deu de usá-las, para dentro da pele onde habitava com algum conforto, grande inquietação e razoável liberdade. Toninha dera-se ao luxo de contar com o futuro, mesmo não conseguindo imaginá-lo em toda a dimensão. Este futuro não se anunciava em termos de esperança apenas votiva, mas ágil. Ao se sentir coagido por um ou um bando deles, se permitia roçar a jaula dos leões, sem saber

ANTÔNIA 53

de que lado da jaula se encontrava agora. É quando considerava adquirir, ele também, algum tipo de forma letal, se não em músculos, em outra espécie de resistência, o olhar de repúdio tomado por um conteúdo sempre na iminência de romper o pote. Talvez por isto não se fale em infância trágica, embora não se perca de vista a palavra cruel, existe um elemento de escárnio pairando em torno – soltei a mão de mamãe, apertei a alça da bolsa com os objetos da limpeza, avancei dois passos, me botei à frente dos três no meio da rua, mobilizado por um ímpeto que chegava a tomar a forma da alegria. Alguma coisa se inquietava dentro de mim, como deve suceder às meninas no episódio da primeira menstruação. Algum modesto lugar aqui dentro reconhecia a brevidade de tudo, repelindo as convicções impostas de fora para dentro, do modo como se ergue um muro de pedras rentes, ocupado em deixar passagens mínimas e secretas, suficientes para permitir a ventilação e um fiapo de luz. Se estivermos repletos de convicções, não sobrará espaço por onde entrar o mundo, e o que seria de mim excluído dele. Do lado de dentro esperava, intercalando a aspereza dos dias com tentativas de deformar o tempo, asseando os mortos do jeito mecânico de quem cumpre uma função, ainda sem destino pessoal, com frequência apartado dos rituais. Sem rituais a vida não passa de progressão do tempo. O tempo passou a significar a iminência do futuro.

    O futuro, embora se insinuasse, demorava a chegar; talvez fosse necessário precipitá-lo.

A chuva deu lugar à garoa, Brando é acometido por uma lufada de bem-estar. Abre o guarda-chuva, menos para evitar os pingos, mais para compor o traje. Sempre se permitiu os banhos de chuva, passando a evitá-los quando foi informado dos perigos da pneumonia em sua idade. Desde então, evita inclusive as correntes de ar antes prazerosas, passa em frente à igreja de Santo Antônio, na Praça do Patriarca, e entra para se ungir com a água benta, a missa das sete vai na segunda leitura do rito da palavra.

Os feirantes cumprimentam todos os fregueses, mesmo os que passam pela primeira vez, muitos o chamam pelo nome, alongam o pescoço, estendem a mão, "seu Hildebrando, manga doce da Bahia, cupuaçu do Pará, abacaxi, tome, leve esse papaia para a sua gata, passar bem, meu amigo". Ele tenta ser discreto, porém há os que levantam a voz ao vê-lo de longe, forjando rimas afeitas a seduzir os passantes, vai enchendo as sacolas de frutas e verduras, algumas sementes para a salada, filés de frango e peixe, até chegar ao limite do peso prejudicial às duas hérnias de disco na coluna lombar. É quando acomoda as sacolas em dois tamboretes e se senta no outro para comer o pastel de queijo no final da feira e tomar o caldo de cana puro sem essa tolice de limão ou abacaxi.

Quando volta ao apartamento, Zuleide está passando o aspirador no quarto, Brando precisa gritar o bom-dia para ela escutar, deixa as sacolas na pequena mesa de vidro da cozinha, senta no banquinho de metal e olha para a mulher vergada na limpeza, aspirando embaixo da cama, "trabalha, enquanto tens a luz", diz, como se para si mesmo, a gata o assunta alongando o rabo sem abandonar a poltrona, sentando-se agora sobre as patas de trás, os olhos serpenteando entre ele, a sacola e o aspirador. Zuleide desliga a máquina e vem informar que acabou de fazer o chá. Não precisava. O aroma de maçã, gengibre e canela não a deixaria omitir a infusão, ela veio para se mostrar a ele, espichar as costas, ver como ele está, Callas se atira na mesa e fareja as sacolas, arranha a de listas azuis, o cheiro das carnes brancas. Ele a puxa para o colo, ela pula no chão e vai ao encontro da empregada, escapa quando Zuleide liga de novo o aspirador, se metendo entre os livros da estante. Brando se serve do chá e começa a esvaziar a primeira sacola, olha para a outra cheia, talvez tenha se excedido nas compras. À exceção do chuveiro, não se permite desperdícios, conhece a fome do mundo e não suporta o odor da putrefação, sua geladeira é um monumento à assepsia. Aprendeu, não faz muito, a refrigerar frutas e legumes antes de lavá-los, baixar a temperatura para só então higienizar: mudanças de atitude e novos conhecimentos previnem o Alzheimer, ele repete para se convencer; gostaria de aprender russo, ler os mestres no original, contudo a cabeça já não lhe dá, o HD está cheio, gracejou o neto outro dia, assanhando-lhe o que restou dos cabelos.

Ao contrário da distribuição errática dos livros, os discos estão organizados por ordem alfabética, os LPs encapados com plástico transparente, os CDs pareados, uma prateleira inteira para os clássicos, as coletâneas de artistas regionais e a música instrumental, nada fora do lugar; Zuleide o consulta antes de manipular qualquer desses itens. Uma vez a cada dois meses ele retira as capas de plástico dos LPs para arejá-los e permitir-lhes tomar ar ao lado dos livros, fazendo o mesmo com as fotografias amontoadas em duas caixas de papelão umas, em três volumosos e antigos álbuns outras. Toma meia xícara de chá, aproxima-se da faxineira para elogiar o toque de canela, indagar brevidades, a escola das crianças, a cirurgia do marido, Zuleide é uma criatura agradável como poucas. Lava de novo as mãos, pega o guarda-chuva, vira a maçaneta da porta, Callas se encolheu. Antes de sair, pede para Zuleide deixar o pudim desenformado, da última vez ele se desmanchou na hora de desenformar, quando voltar ela já deve ter saído.

O sol não apareceu, a chuva indo e vindo. Ama a cidade desde sempre e é neste tom sépia que ela fica mais encantadora. Sépia é outra palavra da sua coleção. Aprecia tanto certas palavras, que não hesitaria em sacrificar um sentimento, alguma sensação, para ajustá-lo à seda de um vocábulo. Por isso não se permite tristeza, mas melancolia. Essa palavra, além da beleza, traduz uma sensação crepuscular e espraiada, tão de acordo com sua visão flutuante. Lamenta ter esperado três décadas para nascer: é homem de final de século XIX, começo de século XX, quando havia matizes e horizontalidades. Procura-se naquelas fotografias antigas do centro velho, deve estar descendo do bonde a caminho do Largo do Café ou caminhando pelo Pátio do Colégio, Antônia Cibele se diverte com as suas viagens mentais, veem-se tão pouco nos últimos anos, Antônia ocupada com o marido e a lida do município onde mora, Toninha saiu melhor do que a encomenda, como se diz.

Chegou respingado, depois de desviar aqui e ali das poças d'água na rua. A missa já começou, a igreja está cheia, fecha o guarda-chuva, e, após escorrer o excesso de água, vai tomando passagem, sugado pelo aroma do incenso, o único que restou em toda a cidade. Apenas aqui, no Mosteiro de São Bento, pode-se respirar esta combinação de notas capazes de exaltar o cravo das antigas celebrações. Conduzem turíbulos pelas galerias em pequena procissão litúrgica, a fumaça o remete há séculos dali, a vista alcança os confessionários no saguão, gaiolas sacras de madeira marchetada. O canto gregoriano o faz estancar e percorrer os salões do seu devaneio. Eleva o braço e deixa a mão suspensa, parecendo tanger uma harpa invisível. Dispostos nos bancos de madeira circundando o altar, os monges entoam cânticos e estão enlevados, quase todos jovens. Alguém oferece o lugar, ele agradece, mantendo-se de pé, os olhos no nicho, apoiado no guarda-chuva molhado. O mundo inteiro é vil, contudo, fosse artesão, transmutaria em cristais a cera dos círios, para dar dignidade ao que é comum e rasteiro.

Quando o sacerdote consagra a eucaristia, uma lágrima grossa dá voltas em seu olho antes de cair. Sente-se limpo, pronto para receber o que é Deus; tem sete anos,

veste calça curta, camisa em mangas compridas, gravata borboleta, suspensórios, e carrega na mão a vela matizada, altos-relevos cor de ouro. Dentro do livro de orações o terço de pérolas, herança da avó espanhola morta quase moça fulminada por um raio. O mesmo raio que agora parece incidir no cálice de ouro, sacralizando o vinho hemorrágico, evocando a lembrança. É quando o órgão de sete mil tubos mergulha ao mais fundo, provocando, ao emergir, uma espécie de combustão na superfície da pele seca.
Ouve a bênção final:
– Vão em paz e o Senhor os acompanhe!
– Graças a Deus!

Parou de chover, mas há nuvens carregadas de eletricidade. Ele sai em silêncio, cumprimentando com o semblante os irmãos, todos virtuosos, são os filhos de Deus. Pega o Viaduto Santa Ifigênia e lá pelo meio se recosta para desfrutar a vista do Vale do Anhangabaú à esquerda. Passava ali um rio com este nome. Em tupi-guarani Anhangabaú significa mau espírito. Adoraria aprender tupi-guarani, visitar a Itália e Portugal, flanar de novo por Paris ao lado de Antônia, como fizeram uma única vez, escorar a torre de Pisa para a pose na fotografia e revelar o retrato, segurá-lo entre os dedos e ficar olhando, ou mostrar para o neto, Celina, talvez as meninas do *Love and Flowers* – gostaria também de missas em latim: *Dominus Vobiscum!*
Sobe a Avenida São João. Toda esta região foi urbanizada no início do século passado, ruas alargadas, iluminação elétrica, bondes sobre trilhos, a igreja da Sé se erguendo gótica no centro da praça, umbigo e alma da cidade. O juiz

Dalton Selibroto disse certa vez que o centro de São Paulo aos domingos é o exemplo supremo de solidão e saudade, ele não concorda, nunca concordou, está em casa. Confere as horas no relógio de bolso banhado a ouro, presente do ourives assíduo frequentador da Biblioteca Pública apaixonado por Pessoa e Gonçalves Dias, "a vida é combate que os fracos abate, que os fortes, os bravos só pode exaltar". Segue a passos lentos, o céu qualquer dia vai desabar sobre a sua cabeça, mas a terra permanecerá íntegra sob os seus pés. Toma um café na lanchonete do Eliseu, não o viu na missa, faltaram dois funcionários, domingo que vem estarei lá, meu amigo, sem Deus ninguém vive, imensa glória! Recosta-se no balcão revestido de azulejo gasto, desenhos desbotados de uma Lisboa antiga. Talvez fosse indicado o passeio a Minas Gerais no próximo inverno: Ouro Preto, Tiradentes, Diamantina, rever a tia habitante do sobrado azul no alto da ladeira ao final da rua, solfejaria ópera tia Gláucia? A resolver.

Olha para os lados por hábito, nada o preocupa. Compra o ingresso, entregando o dinheiro separado no bolso interno do casaco. A bilheteira disfarça com o cumprimento discreto a falta de dois incisivos centrais. Os cartazes dos filmes transformam o *hall* do cinema numa imensa genitália, a temporada promete. A cortina imediata à sala de projeção sofreu o mesmo desgaste do carpete roto, e aqui todos os olhares são eloquentes, mesmo os que disfarçam o faro das ventas e dos pelos todos. Puxa a cortina, enquanto, atrás, um homem de muletas exige passagem. Ao lado, um jovem veste *short* amarelo, na raiz das coxas, franjas desfiadas lhe escorrem pelas pernas, o cabelo é cor de goiaba e a boca vem roxa de batom; entram lado a lado. Outros dois homens saindo da sala gargalhando a passos bêbados quase o atropelam, porém prossegue, acompanhando-os com o rabo do olho. Na tela, a felação, os embates, suspiros e o acúmulo de gemidos. Fecha os olhos para acostumar a vista ao escuro. Embora sem enxergar, percebe olhos em sua direção, e respira o aroma azedo dos calores amontoados. Recua à parede dos fundos até se recostar. Apoia-se no guarda-chuva. Alguma coisa desliza veloz por cima dos sapatos, falaram em ratos certa vez, ele não se move. Confere o lenço no bolso da calça. Abre os olhos e a braguilha. A claridade da tela ilumina parcialmente as silhuetas, e, de onde está, detém a grande angular. As pessoas se movimentam para um lado e outro numa azáfama de usina em produção, uma celebração ecumênica, talvez a ópera universal. E não há legendas, mas sussurros e ruídos. As imagens se projetam à frente e à volta, Brando tem olhos abaixo das sobrancelhas e por trás da braguilha aberta. Alguém se insinua em sua direção; ele percebe, sem tirar os olhos da tela à frente. Outros tantos se investigam na penumbra do templo, coreografando uma melodia que com ouvidos não se escuta, mas com a pele.

Integrado ao andamento da música, de pé, o *e-mail* de Antônia Cibele volta-lhe à memória como um corisco risca o fósforo na cumeeira de um dia de sol, entretanto, escapando da lembrança por hora inoportuna, ele passa a marcar os acordes da canção, começando a reger, amontoado e solitário, a rapsódia do domingo.

Mas o futuro insinuado não se materializou. Às vésperas dos treze anos Toninha continuava sem um destino, não parecia justo. Ele não cumpriria um destino de encomenda, à maneira como pegadas na areia anunciam os pés de origem, e não outros, ou estaria condenado a viver às margens de si. Metamorfosear-se em Marlene à frente do espelho alimentava o espírito dado a saracotear pelo corpo, porém o pastiche apenas o fazia se apropriar de um destino alheio, como quem nada em grande rio julgando-se, erroneamente, dono das águas. A própria voz continuava sem definição, insistindo numa suavidade pouco viril. Tem um tom encorpado e baixo, horizontal, no entanto não se diria masculina ou em vias de se masculinizar; antes, espécie de contralto feminino postado no centro de uma arena esgrimindo o ar. O corpo, embora não seguisse o padrão curvilíneo das meninas, também não exibia a distribuição longilínea, quase estéril, dos meninos, sempre exalando alguma intenção, à moda dos subtextos e entrelinhas dos livros de moças, diferente da leitura objetiva e material dos garotos.

Sem abandonar este lenitivo do espírito, Toninha decidiu sair a campo, até adquirir o nome pelo qual pudesse ser chamado, e o reconhecer. Tentou primeiro as letras, substituindo o diário onde anotava banalidades e cartas para Marlene jamais enviadas, por textos onde pretendeu literatura; estava no terceiro ano do ginásio e não ia mal em português. Quando chegou à quantidade de folhas talvez adequada, mostrou para o professor Augusto César, conhecido pelo rigor de estilo. O professor devolveu o caderno com este comentário escrito à caneta no verso da última folha: "Você não será jornalista nem poeta nem escritor, embora se assemelhe aos três. Nada pior para um destino do que assemelhar-se e não chegar a ser. Jornalistas informam, poetas traduzem, escritores se fuçam. Você passa por essas portas sem se deter em nenhuma. Sem entrar, quando muito espiando do lado de fora, e ainda assim de través, com o canto do olho, tomando chegada sem nunca chegar. Escolha uma porta, se meta e suma por lá, se é que de fato deseja um destino".

O comentário curto foi suficiente para fazê-lo esquecer caneta e papel por um tempo. As cartas para Marlene foram suspensas. As apresentações à frente do espelho saíram de cartaz. O diário, para o qual retornava de vez em quando, passou a intimidar, porque sempre entre uma palavra e outra percebia, por sobre os ombros, o olhar do professor Augusto César, na onipresença de um Deus devassador. Com o tempo, o diário foi parar na gaveta da escrivaninha construída por Nonô na pequena oficina do quintal. O mestre estava certo ao identificar incompletudes, mesmo considerando a sua pouca idade e um rigor talvez exagerado: Toninha gostava de ler, mas não era um leitor reconhecível pela erudição; bom aluno, sem destaque; inteligente, sem iluminação; engraçado, sem hilaridade. A criatividade não o beneficiou para valer, não foi favorecido pela disciplina, agraciado pelo carisma, e da beleza só conhecia traços discretos e em nenhum momento decisivos. A mãe nunca deixou de compará-lo a Leandro, mais encorpado e definido desde sempre, para não falar nos lábios carnudos e as sobrancelhas fartas, capazes de identificá-lo à distância.

Mas chegou o dia, ou melhor, a tarde, final de tarde, em que ele recebeu outra vez a mensagem conduzida por aquele vento súbito a caminho de casa, após os ofícios devidos ao finado Hermínio: ele não teria um destino, não haveria destino e isso seria definitivo. Abrindo mão de um destino material, quem sabe o tivesse etéreo, igualmente exato, porque ter um destino pode ser, ao contrário, não o ter, assim como um diário pode servir de registro para o que não aconteceu. A existência também se afirma pelo que não é, e isso lhe pareceu sensacional. Toninha deixaria de existir, inclusive porque este eu de fato não existia, ou ainda não em sua forma absoluta, o que o transformaria num emissário da inexistência, irrompendo daí a sua identidade. Embora confusa num primeiro instante, a alternativa lhe pareceu satisfatória.

Quando tudo parecia se acomodar, instalou-se um novo conflito: alguma coisa ele deveria ser, afinal ocupava um espaço no mundo, agora mesmo mantinha as portas do guarda-roupa abertas, encarando a pequena pilha de calças curtas, camisas de pano dobradas uma sobre a outra, e duas camisas de náilon adoráveis de vestir, porque lhe escorriam pelo corpo alongando a silhueta, convocando-o a existir. Para existir é preciso ser percebido. Para ser percebido é necessário apresentar algo digno de percepção, nada fácil, porque na história do mundo deve haver três ou quatro roteiros originais; o resto são variações mais ou menos criativas deste modelo. Intuiu que viver não era o suficiente, é preciso descobrir significados. E se não houver, inventar. Ocorreram-lhe longas distâncias, como percorrera o irmão. Desde aquela época, a América do Norte era a primeira opção para quem quisesse parecer contemporâneo. Imaginou o destino esperando por ele no outro hemisfério, ao norte do equador, a léguas de sua rua. Contudo, numa dessas atitudes aleatórias responsáveis, estas sim, pelos outros milhares de dias que você ainda terá para viver, fechou a porta do guarda-roupa e se dirigiu à cozinha da casa. Eles não foram ágeis o bastante para se desgarrar antes que eu os pudesse ver, mamãe de costas para mim, os olhos de Alípio Alma a princípio fechados, a seguir arregalados em minha direção, por cima dos ombros dela, retornei num giro, antes que mamãe se virasse, rápido o necessário para impedi-la de me ver, provocando nele uma mínima dúvida a respeito de eu tê-los visto ou não. Ele não teria por que ter dúvida, nossos olhares colidiram no ar, porém, se a verdade tem força, apenas a negação da verdade tem poder, Nonô havia me esclarecido outro dia mesmo. Recuei e caminhei para o quarto, fechei a porta à chave e deitei na cama de Leandro, na cama dele justamente, tentando me impregnar de sua substância, ou do que especulava a respeito de alguma resistência. Puxei o lençol apesar do calor, ajustei o travesseiro embaixo da cabeça, fechei os olhos e mergulhei no sono. Se Nonô estivesse em casa, o desejaria ao meu lado para talvez velar a sua inocência; a nobreza, quem sabe. Mas Nonô não estava e eu dormi.

Até onde considero, só acordei uma semana depois. Voltando do colégio ao final da tarde de uma quarta-feira, encontrei o mesmo Alípio Alma na exata cozinha fechando a geladeira novinha que ele mesmo instalou, surpreso com a minha chegada.

– Não sei por que a surpresa, seu Alípio, é aqui que eu moro.

– Vim falar com seu pai, mas parece que ele não está. Sua mãe também não.

Às quartas-feiras, naquele horário, Nonô era voluntário do centro espírita Anjos de Luz, seu Alípio conhecia a história, o Centro tornara-se referência na cidade por conta das curas promovidas pelo médico morto ainda jovem ao final da missa de formatura. Por outro lado, nunca tratei Nonô por meu pai, ninguém se referia a nós como pai e filho, embora soubessem de nossa boa convivência. Intuí nas palavras de Alípio um zelo desnecessário, o comportamento do endividado diante do credor ou o pecador ao pé do padre, admitindo que ele não tinha dúvida de que eu os vira no outro dia. O fato de mamãe não estar em casa naquele horário, isso sim, surpreendia, porém nem especulei, eu me sentia de supetão enfiado na cena, começando a fazer parte de um novo cenário longe dali.

Deixei o livro e os cadernos em cima da mesa, enchi um copo com a água do filtro ao lado da geladeira e me pus à sua frente, exatamente à frente – eu batia em seu ombro. Tomei dois goles devagar e larguei o copo ao lado dos cadernos. Apontei para a braguilha da calça dele: uma calça de tergal cinza-escuro com listas verticais cinza-claro: – "quero morder isso aí" – disse, e estiquei o braço, apertando o volume por dentro da calça, erguendo a cabeça ao encontro do seu rosto.

A figura mais extraordinária rabiscada por um cartunista não seria capaz de traduzir o semblante de Alípio, Tonhão, como passei a chamá-lo mais para frente, em contraste com o meu apelido de infância, quando tudo se esclareceu entre nós. Depois de divagar por uns segundos, ele segurou o meu queixo numa delicadeza trêmula, sustentando afinal o meu olho encarando-o, a cara estarrecida, a barba por fazer, os tufos de cabelo grisalho quase cobrindo as orelhas: – "Por que, em vez de morder, você não brinca com ele?" – disse, vacilante, e foi abrindo o zíper da calça sem desviar os olhos dos meus, um cachorro latiu no quintal do vizinho, fazendo Alípio tremer e logo se recompor, o copo de vidro se espatifou no chão, não sei qual de nós dois o derrubou da mesa. Como eu agora não me movimentasse, e tendo recolhido os braços para trás, ele enfiou a mão dentro da braguilha e tirou de lá o pau quase duro, tão diferente do meu em tamanho e intenção que não pude perceber qualquer identificação entre nós, mas não o evitei, aceitei o convite para brincar daquele jeito novo. Com uma leve pressão da mão espalmada sobre minha cabeça, insinuou que eu ajoelhasse até descer à altura de sua virilha, entretanto não era de adoração que se tratava aqui, precisei de pouco tempo para esclarecer que se alguém devesse se postar de joelhos não seria eu. Em vez disso, recuei e me sentei na cadeira da mesa de jantar, cruzando os braços. Alípio também se movimentou, agora de pé diante de mim com a calça pelos joelhos, perseguindo um equilíbrio a cada momento mais precário. Aproximei-me dele, deslizei a cara pela barriga peluda e meio balofa, ancorei as mãos em suas pernas, uma em cada perna, e teria continuado nessa investigação não fosse sua repentina mudança de atitude, dando-se conta do que estávamos fazendo, com quem, a qual preço, e em que lugar. Levantou a calça de um jeito atabalhoado, tentando acomodar o cinto de volta à passadeira, prendeu meu rosto entre as mãos, virou-o em direção ao próprio rosto e pediu com a boca cheia de saliva espumando pelos cantos da boca, não, ele não pediu, ele implorou para que eu fosse encontrá-lo mais tarde, ou saísse com ele agora mesmo, iria pensar num lugar, ou melhor, que eu escolhesse o lugar mais bonito, aquilo era uma felicidade brutal, e levantando a voz, sem extrapolar a cozinha, garantiu que eu seria feliz como nenhum menino jamais fora, e começou a rir de se engasgar, gaguejou, talvez tossisse, voltava a rir um choro amotinado e de vez em quando triste, pediu, isso mesmo, pediu para eu dizer o que queria ganhar, onde gostaria de ir, ele estava disposto a realizar as minhas vontades, todas elas, tamanha a exigência da sua própria vontade, e, prensando meus ombros com as duas mãos, botou em palavras assim: o desejo, tentando agora me afastar, chegava a me empurrar pelo peito, mas já me puxava de volta às pernas, prendendo minhas mãos sobre as coxas, deslizando o membro duro pela minha cara, o pescoço, a boca, eu parecia asfixiar, achei que fosse acrescentar lágrimas ao choro, porém ele saiu com a cara transtornada capengando pela porta, apertando o cinto da calça, equilibrando-se com a mão na parede, feito viúvo nas primeiras noites. Essa porta, ligando a cozinha ao quintal, conduzia ao corredor lateral da casa para onde davam as janelas dos dois quartos, fazendo-o repetir o caminho percorrido na noite em que eu e Nonô despencamos ensopados do Rio de Janeiro.

Permaneci sentado na cadeira, atravessado por sensações longe de qualquer sentimento. Eu aportava naquele território do lado de lá para o qual dirigia, se muito, o canto do olho, mas onde nunca desistira de chegar. Pois agora estava a um passo dele, vestido nos melhores panos, munido de um poder até então desconhecido, uma novidade para quem nem imaginava vencer o muro, quanto mais atracar tão bem arreado.

Mamãe entrou assim do nada, e sem se dar conta do meu percurso foi logo dizendo, enquanto esvaziava uma sacola em cima da pia: "ainda nem tirou o uniforme do colégio, vai trocar essa roupa, lavar a mão, e volta para me ajudar com o jantar!", se agachou e abriu a última gaveta do armário, transferindo da pia pequenos potes de vidro, material de limpeza, barras de sabão, longe do meu interesse. De repente se deu conta dos estilhaços de vidro e perguntou o que eu estava esperando para recolher aquilo lá. Voltou-se de novo para mim, eu olhei para ela, e, embora curvada, talvez a tenha visto de corpo inteiro pela primeira vez: uma senhorinha de meia-idade com o peso do mundo se amontoando numa pequena curvatura abaixo da nuca, vincos escorrendo pelos cantos da boca, e um par de olhos castanhos que, perdidos na falta de sincronia entre os traços da cara, não tinham como contribuir para o bom resultado final.

A sessão atendeu às urgências, embora se possa inferir que durante aqueles cinquenta minutos, Brando, e talvez apenas ele em toda a sala, conseguiu preservar alguma serenidade. Abotoa a calça sem tirar os olhos da tela. Ali mesmo penteia o cabelo com o pente de dentes finos enfiado no bolso da camisa, escorrendo em seguida a mão pela testa para organizar o que imagina ser uma meia dúzia de fios divergentes.

Aqui fora não há sol, mas a claridade do início de tarde é capaz de incomodar a vista. Ele primeiro abaixa a cabeça na tentativa de proteger os olhos, depois a levanta decidido a se integrar ao burburinho da rua. É condição indispensável à juventude ignorar a velhice. O grupo de jovens bebendo cerveja enquanto improvisam *performances* nas escadas do Teatro Municipal o remete ao neto, logo mais no apartamento. Ontem, conversando no corredor do prédio, cada um da sua porta, Celina reclamava dessa alienação quanto à fugacidade da vida: "Eles vivem como se não fossem morrer, nem mesmo envelhecer", Brando sorriu, feito acedesse, silenciando sua compreensão de tudo o que se aliena à luz da consciência, para que dar as más notícias se não se tem o que fazer com elas? Admira essas permissividades de pensar e, neste momento, quaisquer irrealidades. Não está longe o dia em que vai afogar nas águas fundas a tal culpa judaico-cristã, tornando desnecessária toda espécie de batismo.

Embora não alimente nostalgias, a opaca luz do dia o faz lembrar os entardeceres do interior e os labirintos da casa ocupada pelos avós sitiantes, quatro janelas em folhas de madeira gasta sempre abertas e as tardes mornas, quando lia os primeiros romances ao lado da máquina de costura. O avô saía a cavalo para acompanhar a plantação do capim, caseiro do sítio, e a avó cavalgava a antiga Singer, coreografando o flamenco insinuado em trejeitos de mãos ou de pés, apenas porque sabia que o menino achava bonito vê-la executar o passado. Fornada de pão quente pelo meio da tarde e os churros, agora sim, cantando alto na cozinha, erguendo os braços, ondulando as mãos e estralando os dedos, sapateando no assoalho depois de adiantar as costuras. Do primeiro amor também guarda lembranças, contudo este amor resultou pão dormido, todo ele bromato, ainda que saboroso e de bom parecer, não veio ao caso nunca mais.

Apressa o passo, Jonas deve ter chegado, ainda assim não deixa de apreciar a cidade e os seus andaimes, aos domingos ele usufrui deste acalanto de concreto, a cidade o nina entre pernas intermináveis de um lado para o outro, do outro para este, sem nunca lhe mostrar inteiramente a cara, ao contrário, vez em quando as garras e os coices. Ele os aceita e os chama dízimos a pagar. Por aqui as vitrines e os chamamentos são tantos e tão variados, que é possível modelar um mosaico de confetes transmutado em gemas verdadeiras, e a gente se deixa vestir. Costurando dia a dia este tecido, como fez a avó no interior até o dia fresco de morrer – e a outra avó, até ser engolida pelo grande mar –, chega-se, certo domingo, aos setenta e tantos, disforme, desinfetado, talvez vencido, correto.

No viaduto do Chá uma mulher meio índia vende flores e mudas de plantas espalhadas pela tábua de madeira protegida por uma tenda improvisada. Não tivesse sido bibliotecário, pombo-correio ou a voz de Joan Sutherland, seria botânico, viveria no Butantã entre insetos, folhas e serpentes, se misturando a eles até alcançar o núcleo do indivíduo e se tornar semente. Um casal de velhos vem pelo viaduto em sentido contrário de braços dados, exibindo a sintonia dos ajustes silenciosos, chegam a se olhar de vez em quando prestando atenção ao que comunicam sem dizer. Os passos são curtos e alinhados, o tempo vem sendo camarada com os dois, não os devastando demais. Daqui de onde está, Brando reconhece o equilíbrio da marcha, até mesmo alguma harmonia de ombros, porém a decrepitude o apavora, desvia os olhos e os espera passar, ele também sente o peso das pernas, tem estado de pé desde a manhã. A banca de frutas onde se vendem produtos orgânicos o faz ponderar que os ômegas dos azeites deveriam ser injetados direto nas articulações a fim de hidratá-las, em vez de acompanhar as saladas e cumprir o processo da digestão, recorrentes na prescrição da nutricionista magrinha e sorridente, jaleco passado a ferro, são todas estéreis essas meninas, imaculadas da cabeça aos pés.

O desgaste desta última hora lhe abriu o apetite, vai almoçar com o neto, Jonas se interessa por gastronomia, o menino não fala em direito, medicina ou engenharia, com a graça de Deus, tampouco em tecnologia da informação, consultoria de E-business, analista funcional, essas coisas que a gente nunca sabe o que querem dizer nem convive com quem as pratica. Ainda assim, não resiste a um crepe de brigadeiro para adoçar a saliva e repor a glicose subtraída nos suores do cinema. Percebe a venda de empanadas do outro lado da rua, Jonas por enquanto não alcançou a tessitura dos crepes, então come ele o crepe, atravessa a rua e compra uma empanada de presunto e queijo, e outra, doce, para a sobremesa, talvez o lanche do final do dia antes de o menino voltar para casa, anda magro demais esse moleque.

– O Jonas está lá em cima, a faxineira já desceu – Ceará acompanha as notícias do futebol pelo rádio, desligou a TV. Brando gosta deste acúmulo de informações, Antônia Cibele que se reaproxima, o neto que subiu, a diarista que desceu, aperta o 17 no elevador, encara o espelho quase sorrindo para a própria imagem, talvez a alma foi quem sorriu. No segundo andar, os irmãos do 21 entram turbulentos, conversando entre eles e se acabando de rir, o cumprimentam com a cabeça e apertam o botão do oitavo, lá moram os tios e os quatro primos chegados há pouco do Sul. Há tempos não os via. A menina de Soraya está mocinha, tem suor no buço, bochechas coradas, decerto flerta por aí, quem sabe sangra. Alguma coisa em sua turbulência lembra Antônia Cibele locomovendo-se pelo convés do navio quando viajaram juntos os dois, ele gosta de atestar as expressões físicas, a urgência dos corpos. O menino não saiu da infância, apesar da pouca diferença de idade, descem no oitavo de mãos dadas ainda mais ruidosos, mal dizem tchau e desaparecem no corredor.

Abre a porta do apartamento e encontra Jonas deitado de bruços no tapete ao lado de Callas, acompanhando o deslocamento das pequenas rodas do trem sobre os trilhos. "Montei em meia hora, vô, senta aqui", ele observa a clareira aberta no meio da sala, três cadeiras empilhadas, o aparador empurrado para o canto, duas torres de livros superpostos, não fora obra do neto seria imperdoável tamanha intervenção em sua intimidade. "Trouxe para você", diz, exibindo o embrulho com as empanadas, "deixe na cozinha", Jonas não sai do lugar, o avô coloca tudo em cima do aparador e se abaixa para cumprimentar, alisa a testa da gata, assanha o cabelo do neto, "Não está na hora de cortar isso aqui?", "Deixa disso, estou deixando crescer. A mãe não liga". "E tua mãe liga para alguma coisa?".

Senta-se no chão ao lado dos dois, atento ao vai-e-vem das composições, este som rato-roendo-o-metal o distende, está desconfortável, mas é bom o retorno ao sótão da infância, Callas pula no alto das cadeiras empilhadas e mia forte como quem vai cantar.

– Você gosta de trem desde menino? – Jonas tira os olhos de Callas e passa a observar os trilhos, o maquinário, miniaturas de casas e passageiros, as pequenas estações. Não há espaço para montar tudo, ele distribuiu como deu.

– Desde sempre. Passava férias no sítio onde o meu avô morava no interior, ia sozinho de trem, não pregava o olho a noite toda, não queria perder nada. Chegava lá de madrugada, ele me esperando na estação, meu avô paterno envelheceu sem perder o humor – Jonas levanta os olhos para ele, quer ouvir a história outra vez.

– Não esqueço a neblina de manhãzinha, o cheiro dos laranjais, depois o aroma do café subindo das casas, os galos cantando soberbos por baixo das cristas, eu não gostava dos galos, mal-humorados até na hora de cantar. Minha avó havia morrido há pouco, o avô ia todas as manhãs ao cemitério, limpava o túmulo, conversava com ela, não chorava para a gente ver. Vieram da Espanha meninos, acompanhando os pais no mesmo navio, sem se conhecer, sabe lá o que é isso? Desde que se cruzaram na primeira fazenda onde os pais se instalaram não se separaram mais – Brando repete a história, não tem certeza se já não contou essa parte para o neto, acabou de chegar e já vai aos galopes, porém Jonas se mostra interessado, um leve cheiro de pinho sol irrompe da cozinha, ele vai adiante:

– O final das férias eu só não achava pior por conta da viagem de trem. Quando tocava o apito e a máquina começava a se mover, eu embarcava em um mundo móvel que deslizava sobre trilhos, não queria sair dali nunca mais. Nas curvas, botava a cabeça para fora acompanhando o estardalhaço das rodas que conduziam a massa de vagões. Nem eram tantos, a composição era pequena, mas o expresso transiberiano não seria maior.

– Lembro quando você me levou a Paranapiacaba no inverno só para eu andar de trem. Pena que na volta eu dormi de lá até aqui, lembra? Vamos de novo qualquer dia?

– Paranapiacaba no inverno e a névoa da cerração, esta é a Londres que me cabe – Brando se levanta apoiando-se na cadeira e se depara com O *Pequeno Príncipe* por cima da pilha de livros: "O livro mais injustiçado da história dos livros". Ergue-o entre os dedos, citando de cor: "Se tu vens, por exemplo, às quatro da tarde, desde as três eu começarei a ser feliz". Pega o embrulho com as empanadas e o leva à cozinha, Callas o acompanha em passos curtos, ele abre a torneira da pia, lava as mãos com o detergente e diz de lá, erguendo a voz: "Tem livros que caem em mãos erradas, ficando manchados para sempre. Mesmo que sejam as mãos das moças mais bonitas da cidade". Jonas desconhece a que o avô se refere, não sabe o que sejam *misses* com suas leituras supostas e deixa passar. Desliga o brinquedo e também se levanta. Dirige-se à janela, vai olhar o tempo e a cidade, gosta do panorama metálico, voltou a chover, Callas subiu na poltrona de retalhos.

– Você quase nunca fala da minha avó.

– Existem pessoas que se tornam mais influentes depois de mortas, não é o caso da sua avó. Ela aproveita a eternidade para descansar, e me dá igual sossego.

– Às vezes eu penso que você prefere ficar sozinho. Minha mãe também acha.

– Não gosto de incomodar.

– Nem de ser incomodado – Jonas ri e se aproxima do velho – O senhor nunca se sente só?

– Com a cidade pendurada em minha janela? Não, filho.

– "A solidão é um terreno árido, que convém não atravessar sozinho"; Lya Luft, não é?

– Vamos preparar o almoço? Espaguete, então?

– Não estava combinado?

– Acho pouco criativo para um futuro *chef*, comemos massa da última vez, mas estou aqui para te fazer as vontades.

Entra na cozinha mancando, a perna meio dormente devido à má posição de há pouco, parece que Zuleide se excedeu com o desinfetante no piso e nos azulejos, a cozinha é só assepsia, não sua entre os elementos de azulejo e metal. Jonas, ainda na sala, dá uma geral nos livros espalhados pelo apartamento, os DVDs e os CDs agrupados. Vai até a estante, e, sem tocar no amontoado de mangás e gibis, percorre as lombadas dos livros da terceira prateleira com a ponta dos dedos, parece que a Biblioteca Municipal se mudou para cá.

– Será que algum dia eu vou ler pelo menos a terça parte disso aqui?

– Se tiver vontade... – Brando está abrindo a lata do molho de tomate, ligeiramente vergado sobre a pia – E a empanada de presunto e queijo, não vai comer? – Agora não – Jonas se senta à mesinha da cozinha e separa os dentes de alho para descascar. Brando bota a água para ferver, colhe folhas do manjericão plantado no vaso, pega as cebolas, oferece a tábua de cortar para Jonas, afia a faca, alinha as duas latas abertas do molho de tomate em cima da pia e vai ao quarto ligar o rádio, ainda sintonizado na Cultura: um programa especial com sonoplastias diversas para *Romeu e Julieta*. Acabaram de tocar Maria Callas sonorizando a cena do balcão, foi capaz de identificar os acordes finais, informa ao neto, parando ao lado da caixa de som para escutar.

– Você nunca usou o iPod que eu lhe dei, vô?

– Até tentei, mas fico sufocado, aquilo só pode ser operado pela Nasa. Não gosto de música penetrando apenas pelos ouvidos, me sinto excluído dela, pareço asfixiar. Sabe criança que enfia a cara embaixo de uma ducha forte e tremelica achando que vai se afogar?
– Sei. Uma vez lá no Sesc meu pai me lavou embaixo da ducha porque eu estava empapado de areia. Dei de me sacudir feito peixe fora d'água sem conseguir respirar – Jonas tenta se livrar da casca de alho grudada entre o indicador e o polegar umedecidos, atrita a ponta dos dedos, Callas o encara talvez interessada em seus movimentos, foi com um destes gestos decididos que ele a recolheu da caçamba onde se enfiara tentando se proteger do frio deste abril que passou.

– Música é para ouvir com o corpo todo – Brando está no meio da sala, equilibrando-se entre os trilhos do trem. Percebe a vibração do celular no bolso da calça. Sulamita, da *Love and Flowers*, quer saber se ele passa por lá essa tarde, a Maninha preparou aquela torta gelada de abacaxi, hoje não dá, guarda um pedaço para mim, e seu pai, melhorou? O pai está melhor, o futuro *chef* abre a gaveta do armário e pega o espremedor de alho, Brando afasta a boca do telefone e quase sussurra: "Não esprema, fatie fino".
"A mãe costuma misturar arroz com macarrão no mesmo prato", Jonas às vezes sai ao avô, então o provoca. Brando despede-se de Sulamita e desliga o celular: "Garanto a você que a culpa não foi minha", responde ao comentário, enquanto pega o Thomas Mann em cima da geladeira: "Porque a beleza, lembra-te disso, ó Fedro, apenas a beleza é divina e ao mesmo tempo visível. Por isso é também

a senda dos sentidos, a estrada, meu pequeno Fedro, que conduz o artista ao espírito". Jonas se diverte com esses arroubos do avô, mas definitivamente não o alcança. Não se trata de idade ou barreiras entre gerações apenas, é que este homem passa acenando da janela do trem, e é tão agradável vê-lo passar, tão prazeroso vê-lo chegar, mas se acontece de o trem parar na estação, em vez de descer ele continua acenando do lado de lá da janela, sem abandonar a cabine no fundo do vagão, de onde vai seguir viagem. Talvez Jonas não perceba a expressão das ausências, o matiz da beleza, dos encantos – e dos desencantamentos. Callas pula no colo dele, "só queria saber onde minha mãe entra nessa história", Jonas sorri com uma irreverência pouco comum à idade, o que os faz parecer parceiros de fato.

– Você consegue descascar três dentes de alho. Não é pouco. E, para orgulho de qualquer ser pensante, só espiou a tela desse celular duas vezes desde que eu entrei aqui.

A gata não desvia os olhos de Brando, a cumbuca da ração está vazia, já passam das três da tarde. A água começa a ferver, Jonas acrescenta sal e despeja o espaguete inteiro, sem quebrar. Brando troca a água de Callas, lava e enche a cumbuca de ração, ela ignora. O neto acompanha o cozimento da massa pescando um palito de espaguete, depois outro, avaliando-os com a ponta dos dedos, acrescenta molho de tomate ao alho refogado na frigideira, os cogumelos re-hidratados, pimenta do reino e uma colherinha de açúcar. Acrescenta o manjericão e desliga o fogo.

Sentam-se à mesa pelo meio da tarde, depois de Brando baixar o som ao mínimo, Callas se aproxima da ração, a massa ficou no ponto, o molho de tomate é de qualidade, o manjericão conferiu um frescor de se perceber com a língua. Brando rala o parmesão em cada prato, serve o tinto numa taça e noutra, sugerindo ao neto que deguste antes com os olhos, "mas não deixe de aspirar o buquê, assim se atende à alma e ao paladar". É quando fala em tessituras e filigranas, toalha limpa e talheres areados, procedendo à ritualização do cotidiano: "Qualquer coisa menos do que isso é de uma pobreza lamentável, Jonas. Refiro-me ao pecúlio do espírito, não à conta bancária, sempre rasa em nossa família".

O neto atua como orientado, tentando identificar na bebida as notas e as filigranas sugeridas, distribui o líquido pela taça com movimentos circulares, leva-o à boca e sorve um grande gole, quase solene. Depois da sobremesa e do café, sentam-se no sofá, estão em silêncio. A campainha do celular de Jonas é uma buzina desconfortável para o avô, uma espécie de ruído musical. Ele atende de imediato, constrangido por amolar o silêncio. A mãe quer saber se está tudo bem, se ele está entediado, se não está incomodando o avô. O filho é direto: "Para de encher, mãe!", desligando na sequência do tchau. "Que modos!", não há na voz de Brando nenhuma reprimenda, no máximo prestação de serviço à educação, apenas burocrática, ligeiramente cínica. No segundo toque é uma amiga querendo conversar sobre o namorado, o fim de semana na praia sem dar notícia até agora, havia duas meninas na casa onde ele ia ficar, uma delas conhecida pela ausência de sororidade, elas descobriram o termo e agora se distinguem entre quem tem e quem não tem sororidade. Jonas responde com sujeito, verbo e predicado. Levanta-se, abre um tanto da janela e escora os cotovelos no parapeito se deixando respingar. O nevoeiro cobre meia cidade, confundindo os horários do dia. Quando desliga o telefone, Brando pergunta se ele não quer se deitar na cama, já quase cochila.

– Meninas são complicadas – Jonas comenta sem ênfase, alongando a penúltima sílaba. Brando finge ouvir a frase pela primeira vez:

– Será?

– E não?

– Você precisa de um amigo homem. Os homens são mais afeitos à amizade do que as mulheres. Mulheres têm muito com o que se ocupar, são ambidestras, polivalentes, hiperpsíquicas. Oferecem uma amizade circunstancial, quando não servil. Algumas, autoritária.

– Meu avô é machista? – Jonas se recosta na parede do quarto cruzando os braços, não vai se deitar.

– Só o inevitável. Isso que eu disse não torna os homens minimamente superiores. Contribui, ao contrário, para disfarçar nossa mediocridade. Puro verniz, mas é assim que é.

– Isso não é uma generalização? As pessoas são diferentes umas das outras, você nunca deixa de lembrar.

– Partimos sempre deste princípio, nós dois, então nem vem ao caso. Falo do íntimo, não do privado. Talvez o íntimo nos diga respeito a todos. O que nos diferencia é o privado. O que as mulheres chamam hoje de sororidade é a antiga camaradagem entre os homens. Antes das duas expressões está, ou deveria estar, o indivíduo.

A conversa interessa a Jonas. O avô, porém, está com sono, Antônia Cibele traz consigo um passado de não se esquecer, e por vezes lhe vem à cabeça com a potência das boas evocações. Recorda o primeiro dia que ele e Antônia passaram juntos no antigo apartamento da Liberdade, depois de partilhar uma noite medonha. Ele acrescenta, antes de puxar o lençol e fechar os olhos:

– Deve haver um íntimo universal. Talvez seja o que nos possibilite escapar, por momentos, da solidão de sermos únicos e imperscrutáveis. O privado, este sim, é pessoal.

A palavra imperscrutável talvez fosse grande demais, não para uma cabeça ágil como a de Jonas, ele a faz repercutir em silêncio e a decompõe, o entrechoque das sílabas. O velho começa a ressonar pouco depois, Callas se instala entre os dois travesseiros, Jonas fecha a janela da sala impedindo as correntes de ar.

Depois de desmontar as peças do trem, ele lava a louça do almoço, guarda a garrafa de vinho na cristaleira e se prepara para sair. A tela do celular do avô se ilumina, chegou mensagem. Menos por curiosidade do que por hábito, Jonas olha de quem se trata: Antônia Cibele. 'Você recebeu o meu *email*, menino levado?'. Há tempos não ouve falar nessa mulher. Traz lembranças vagas da infância, indagações da avó, evasivas do avô, tentativas de harmonização por parte dele. Da próxima vez vai puxar o assunto. Por enquanto, tira a escova do bolso da mochila e escova os dentes na pia do lavabo. Acomoda a mochila nas costas, depois de tirar e transferir para a estante o Stephen King emprestado pelo avô da última vez. De pé, escreve no bloco de anotações largado em cima da Marguerite Duras: "Estou de saída, vô, valeu! Um beijo, menino levado". Ri de si mesmo e da cara do velho quando perceber que o neto leu a mensagem e se imiscuiu – a palavra é do avô – no seu imperscrutável universo privado.

Como de hábito, Antônia Cibele e o juiz são recebidos com entusiasmo pelos moradores e honrarias pelas autoridades. O prefeito não pôde vir, alegando compromisso de urgência na capital, está representado pelo vice, Maurício Ledo, o jovem progressista que Gilmar Correia de Brito foi obrigado a adicionar à chapa conservadora, no ajuste adequado à contemporaneidade. Na verdade, o prefeito, empossado há pouco, não faz questão de participar do evento, foi ao encontro de um enfermeiro que não conhece pessoalmente, mas com o qual tem se comunicado por *e-mail* e celular, trocando informações relativas ao casal alinhado no palanque, ora recebendo a bênção da cúria paramentada para a ocasião.

Além da inauguração da nova sede do Lar de Antônia e o aniversário, comemora-se ainda a outorga do título de cidadã fagundense à mesma Antônia Cibele, projeto do vereador Andrezinho, aprovado na câmara por unanimidade. Com a iniciativa, Andrezinho pretende não apenas homenagear a pessoa que por duas vezes salvou-lhe a vida, mas honrar a memória da mãe, Adélia Maria, mentora da ideia e sua principal incentivadora desde que o filho assumiu o gabinete na Câmara de Vereadores. Sua ascensão a este importante cargo legislativo se deveu em boa parte ao apoio da esposa do juiz Dalton Selibroto, ao declarar, reunida com as senhoras do Rotary Club, o seu voto, incitando a todas que também o fizessem. O marido não lhe desprega os olhos, reiterando o apreço às vésperas de mais um aniversário de casamento, quando, entre os dois, tudo já poderia estar cozendo em banho-maria. Andrezinho não pensa diferente, guardando-se as proporções dos vínculos. Não fossem as iniciativas da vizinha em sua infância, ele não teria chegado à puberdade, vítima da difteria mal diagnosticada pelo único pediatra da cidade à época, um charlatão que se dizia especialista, sem ter sequer concluído o curso de medicina na USP de Ribeirão Preto, ao contrário do que propalava. Da outra vez, foi este mesmo expediente arguto que insistiu com Adélia para não deixá-lo dormir após uma queda no parquinho, a princípio inocente, seguida de dois episódios de convulsão certamente fatais, não fosse sua condição de vigília sob os olhos da vizinha. João de Barro, poliomielite aos três anos, viveria se arrastando, não recebesse em casa as muletas mandadas fazer em Ribeirão, além das sessões de fisioterapia patrocinadas pelo casal. Capaz que o corpo de dona Elisete estivesse se decompondo numa vala comum, não fora acomodado em caixão de madeira escolhido em função do gosto do viúvo e não da sua miséria, e por aí vai. Felizmente o mundo também é composto de uma gente agradecida, e a população de Fagundes faz parte dessa fração.

Saíram dali direto para a churrascaria do Alemão. Na mesa principal se acomodaram a homenageada e o marido, o vice-prefeito com a esposa, Andrezinho e outros dois colegas de vereança, irmã Solitude, administradora do Lar de Antônia, Jurandir, viúvo de Adélia, Maria Pia, secretária de saúde, Justo Viriato, proprietário do parque de diversões. No entorno desta, dispuseram outras nove mesas, onde vinte mulheres assistidas pela entidade, selecionadas por nível de atualização das vacinas dos filhos, davam um trabalho do cão aos garçons vestidos de gaúchos, incansáveis no transporte das carnes para lá e cá, responsáveis por um congestionamento de bandejas e espetos poucas vezes visto na churrascaria. Há uma televisão ligada sem som presa à parede, porém ninguém olha nessa direção, entretidas entre si e o vai e vem dos rapazes. Do seu posto, Antônia Cibele se deliciava com a animação das comensais, em especial as gêmeas colhedoras de café, grávidas do administrador da fazenda, noivo de uma delas, em função de um equívoco irreversível, frente a frente àqueles cortes de carne pela primeira – certamente a última – vez.

Em casa, o casal fechou portas e janelas, dirigindo-se para o quarto quase às escuras. Na cama, aproximaram os corpos e os mantiveram juntos até o limite possível, celebrando o dia numa algazarra física que faria corar os bonequinhos do Kama Sutra, motivos das fronhas e lençóis, dando por encerrado o domingo.

A morte de Nonô trouxe, ao lado da dor, o passaporte para a autonomia de Toninha. Não se diria liberdade, mas a autonomia para correr atrás de ser livre, palmilhando pelas ruas os paralelepípedos da sua ausência. Se a partida do irmão exibiu os espaços vazios da casa, a morte de Nonô expandiu a cidade. Quando foi avisado na escola, Toninha sentiu-se partir em um milhão de pedaços. Ao saber que Nonô despencara sobre a escrivaninha do quarto, depois de fazer a reforma que havia pedido antes de sair para o colégio, foi como se alguém tivesse pegado esses pedaços e quebrado tudo de novo. Agora ele estava por si. Só. Nonô teve uma morte súbita, como o pai. Mortes súbitas são ótimas para quem vai, não para quem fica. Se os sobreviventes não se cuidam, restará uma eterna vigília perturbada, como se o imprevisível mal se pusesse a ornamentá-los, tecendo uma guirlanda de corvos invisíveis. Não que seja de todo mentira: o mal se apraz em ser imprevisível, entretanto não se consegue viver com essa guirlanda de corvos o tempo inteiro planando sobre a cabeça, impondo, com grunhidos insistentes, a sua presença. Portanto, apesar da dor, Toninha não permitiu o adorno, o que deve ter contribuído para se sentir livre depois e ajuntar aqueles pedaços estilhaçados lá atrás.

O amor é um porto para todas as embarcações. Quando Nonô ancorou o seu transatlântico, não apenas o abasteceu de afeto como o levou a identificar a fragilidade do cais de onde acenava solitário. Na primeira atitude francamente hostil contra a mãe, Toninha pediu para ela não participar dos rituais de limpeza do corpo, ele mesmo se organizara para essa liturgia particular. Homilia, Brando cunhou o termo anos depois, ao presentear Antônia Cibele com o seu primeiro dicionário de língua portuguesa, tão logo sugeriu a junção de Cibele ao Antônia, na véspera do embarque para a Europa. Violeta não opôs resistência ao pedido. Desde que o filho ocupara o seu lugar nestes ofícios pela primeira vez, ela se limitava a sentar ao lado da cama, passar o material de limpeza, sugerir algum procedimento em particular e ficar olhando-o executar o serviço, quando não bisbilhotando os objetos do quarto, abrindo e fechando gavetas, fuçando embaixo da cama se acontecia de estar em algum ambiente novo para os dois. Ao final, mão espalmada à frente do peito, com a outra abria a porta para as reverências dos familiares, sem tocar no envelope com o dinheiro porventura oferecido, orientando Toninha que o fizesse, evitando macular as mãos.

Cuidei de Nonô como quem acolhe um pássaro abatido em voo, nenhuma pressa, eu precisava dessa lenta impregnação física antes que o tempo e os animaizinhos da terra se encarregassem do resto. Depois da limpeza, o vesti com o seu terno branco, o que ele usou no meu aniversário de doze anos ao comemorarmos, apenas os dois, na lanchonete do João Manoel, com sanduíches e refrigerante com gelo no copo pela primeira vez. Borrifei-o com a água do alecrim plantado por ele no quintal, beijei sua testa quase fria, alinhei suas mãos sobrepostas, e, no cemitério, fui eu a jogar a última pá de terra sobre o seu corpo.

Alípio e dona Azula foram a casa depois do enterro. Ele procurava Toninha com um olhar atravessado pelo meio da sala, na cozinha, o pequeno corredor, sombra contraposta ao aspecto solar de Violeta, empenhada em ressaltar as qualidades do segundo marido, insistindo na falta que este faria na casa, a marcenaria no quintal, "coitado do Toninha", franziu os lábios na iminência do choro e apontou para o filho, numa tentativa de expressar os bons sentimentos. Acontece que Violeta carecia de bons sentimentos, enovelada em tantas carapaças ajustadas à ocasião, que não sabia mais qual servia de esqueleto a quem ou a qual simulação precisaria acudir antes da outra. Topando com Toninha de bandeja na mão em direção à sala, Alípio o encarou de um jeito tão compassivo, que por pouco não o faz deixar cair a bandeja e se agarrar a ele, uma barra de concreto se contrapondo ao cenário de isopor. Em vez disso, Toninha falou de maneira clara, baixa e veloz, sem desprender os dedos da bandeja com o café e uma xícara de chá: "na próxima semana tem *show* da Marlene em Foz do Ibiúna, você não esqueceu, não é?". Alípio suspirou, abriu passagem e o deixou seguir, sem esconder o alívio na expressão quase sorridente. Com o cenho de todo desfeito, escorreu os dedos pelo cabelo desgrenhado, entrou na cozinha para justificar seu trânsito pela casa, bebeu o gole d'água largado num copo em cima da pia e voltou à sala. Nada mudaria entre os dois, Toninha continuaria disponível, sem aceder sequer ao luto ou qualquer pudor, Alípio rejubilou-se mais uma vez e se sentou no sofá ao lado da esposa, descansando a mão em sua perna. Seu único padecimento seria não tê-lo todas as horas do dia para cumulá-lo de prazeres o dia inteiro, o menino nunca se mostrou tão vulnerável, apesar de se locomover pela casa com uma leveza surpreendente para quem o vira há pouco se despedindo do padrasto com severidade. Nada mudaria de fato: Alípio continuaria financiando os desejos dele, e ele os seus, considerando que os acometiam desejos por todos os lados, embora distintos.

Poucos dias depois estava de volta. Conforme o esperado, Alípio Alma não deixou de frequentar a casa, mudando apenas a motivação, o corte do cabelo, a limpeza das unhas e a velocidade das pernas. Embora tivesse liberado para ele os doces da quitanda, Alípio habituara-se a trazer no bolso da calça as queijadinhas de coco oferecidas na presença de Violeta, procurando demonstrar, com essas inofensivas atitudes gentis, a extensão do interesse por ela, abarcando os objetos do seu afeto. "Quem a boca do meu filho beija, a minha adoça", a frase, bordada no saiote encarregado de vestir o botijão de gás ao lado do fogão, não lhes dizia respeito. Desde que ficara viúva pela primeira vez, Violeta preferia receber em sua boca os beijos e os doces, em especial os conduzidos por lábios e mãos masculinas e alheias, buscando se ressarcir das malandragens do primeiro marido, contra as quais nunca conseguiu o resultado que satisfizesse seu desejo de vingança. Situações desse tipo reforçavam em Toninha a certeza de agora fazer parte do mundo adulto, inserindo-se cada dia mais.

A pasmaceira dos dias foi substituída por um entusiasmo novo, na animação de quem projeta a cara para fora de uma porta entreaberta a fim de sondar os acontecimentos de fora, onde toca música. A princípio, Toninha chegou a temer pela segurança de Alípio Alma, a sua própria, e não sem motivos. Apesar do esforço, Alípio não conseguia disfarçar não só o interesse pelo filho, mas o desinteresse pela mãe, o que poderia ser definitivo. Apesar da postura banal, Violeta não se permitia ser passada para trás por quem quer que fosse, muito menos estas duas criaturas miúdas a três passos do seu nariz. A situação exigia cuidados, porém Alípio estava longe de se intimidar. Ao contrário, tornava-se cada vez mais atrevido, impelido pela novidade e atiçado por um entusiasmo juvenil. O único remédio eficaz contra o tédio é a novidade, e esta induz movimento quando irrompe, sonorizando o silêncio. Estes novos acordes podem se tornar estimulantes ao ponto de alterar o andamento da música, sacudindo-os no balanço da dança, enquanto todos ao redor apenas valsam. O amante de Violeta, rejuvenescido pela paixão, queria dançar. E dançávamos. Não era apenas em casa ou nas minhas passagens pela mercearia que nos víamos agora, o território à disposição na exata medida da ousadia, Alípio indiferente aos próprios disparates. Eu, pelo meu lado, um indivíduo tentando negociar com a vida, buscando ajustar a demanda aos meus modestos ou nem tão modestos recursos, mesmo que na época qualquer desses mecanismos soubesse nomear. Nossa casa, uma morada simples na Rua da Paz, se transformava em abrigo para a aflição de Alípio submisso à minha presença para manter o humor, o casamento com Azula, a sem-vergonhice com mamãe, a renovação do estoque da quitanda. Ciente do controle sobre o seu desejo, eu me oferecia e recuava na medida dos meus próprios desejos. A princípio estes desejos não traduziam grandes quereres nem se expressavam em atitudes prostitutas, me bastava pescar seu olho em meu encalço, agindo como se não o percebesse atrás de mim, ele em tudo rendido, mas ativo, ligeiro, às esgueiras. Na boca, a fome de toda a África, o continente aonde acabávamos de chegar no colégio, as aulas de Geografia a que eu assistia de globo na mão, tamanho o desejo de caminhar sobre ele e escapar dali. Saciar ou não sua fome competia a mim, de acordo com o meu apetite, sem comprometer este ar com o qual lhe concedia raros afagos. Sua dedicação às minhas vontades me levou a desenvolver um leque de vontades, dos doces e bonecos de pano costurados por dona Azula, às apresentações de Marlene em qualquer palco das redondezas, o que podia incluir um raio de muitos quilômetros ao redor, jamais permitindo as indecências, se estas não instigassem algum lucro, qualquer proveito, um escambo, por mais desimportante que pudesse parecer. Tudo isso sem grande embaraço, o castigo de Deus não deve anteceder o pecado, talvez eu tivesse mesmo uma alma pagã, porém o paganismo não é isento de sacralidade, adiante estaria Brando, que não me deixaria mentir.

A viagem desde a cidade até o cinema de Foz do Ibiúna, palco do *show* de Marlene na semana seguinte à morte de Nonô, não levava mais do que trinta minutos, contudo gastamos mais de uma hora naquela vez. Alípio, abandonando a rodovia, desviou para uma estrada de barro à direita, estacionando o carro embaixo de uma mangueira que ocultava, com a copa, a claridade da lua cheia, formando um halo de penumbra ao seu entorno. O céu estava claro, mas não havia como ver estrelas. Primeiro porque a copa era mesmo cerrada, segundo porque, acomodado entre as pernas dele na boleia, eu adquiria o bilhete de entrada, pagando com lábios e língua o programa de logo mais, fazendo por merecer cada número do roteiro, cujo provável repertório ele se botara a desfiar, elegendo esse ou aquele verso das canções, intercalando compassos, sonorizando as arremetidas contra minha boca na cadência musical do seu desejo, insistindo na variedade de ritmos, valsa, bolero, frevo, até explodir no samba-exaltação, inundando-me de música quase ao ponto de me fazer engasgar. Depois, queria fazer o mesmo comigo, "as coceirinhas das canções", mas eu não me permitia prazer do pescoço para baixo, não na frente dele, não por conta dele. Para mim, bastava proporcionar o seu gozo, não para servi-lo ou sugerir submissão, mas me tornar credor, assumindo o comando do cavalo que um dia havia sido as pernas do meu pai. Terminada a primeira seleção de música, ele investiria numa outra, mas eu me retirei para o canto do banco fingindo amuar, devolvendo a língua para dentro da boca, recolhendo as mãos, encerrando o ensaio, e o mandei seguir viagem, o tempo corria à velocidade da sua avidez, e eu, ávido de outra música, tinha pressa de chegar ao cinema. Ele acedeu, acelerou o carro, deslizou a mão pela minha perna, parecia feliz. Dei um jeito no cabelo usando a ponta dos dedos, abotoei de volta os botões da camisa, escorri os dedos pela penugem em cima da boca que nunca chegou a bigode e alinhei o calção, esticando-o em direção ao joelho. Desembarquei a uma quadra do cinema em cima da hora, corri à portaria, entreguei o bilhete e entrei. Abriram a cortina, girando os holofotes por todo o palco, abastecendo de luzes a sala inteira, eu poderia enxergar o efeito do canhão em meu rosto traçando riscas azuis, lilases, amarelas, furta-cor, ao som dos primeiros acordes do conjunto musical. Marlene apareceu no alto de uma escada repleta de lampadinhas pulsantes, de braços abertos, um colar de plumas despencando dos ombros sobre o vestido, agitando as mãos à moda de um liquidificador, se deslocando com incrível agilidade para a beira do palco.

    O salão iluminado de um clube em noite de baile não estaria mais magnífico, agora sim eu me misturava a todas as estrelas lá de fora, uma tempestade de estrelas desabava em minha cabeça, escorria pelo meu corpo e tornava a subir, até novamente descer e subir outra vez. Marlene cantou e cantou, tremelicando os canutilhos do vestido, o seu corpo vibrando de cima a baixo no ritmo da música, verdadeiramente feminino, tão superior ao meu quando a imitava à frente do espelho, em seguida conversou com a plateia, contou bastidores do Cassino da Urca no Rio de Janeiro, fez troça do chapéu de veludo de uma mulher na primeira fila, todos morremos de rir, eu não desviava os olhos da cena, ela existia dentro dela, talvez eu existisse dentro de mim, eu não era ela, mas ela era eu. Após o último número, ela voltou duas vezes à boca do palco e me viu de pé, certamente me viu, sorriu em minha direção, acenou e eu retribuí, o exército de purpurina no *front*.

Embora tivesse dito que não poderia me esperar à saída – dona Azula não estava bem de saúde e andava fazendo perguntas difíceis de responder – me deparei com Alípio na calçada caminhando pra lá e pra cá, segurando dois saquinhos de confeitos e os movimentando de uma mão para outra, trocando de mão no jeito infantil de quem brinca de *escravos de Jó*. Achei primeiro patético, depois engraçado, por fim me decidi e fui encontrar com ele. Entramos na camionete. Sem parar de falar um só minuto, impedindo que ele conduzisse a conversa, não respondi às indiretas sobre o roteiro do *show*, "você sabia as músicas de cor? lembrou do nosso ensaio?, quer me mostrar como foi?", Alípio batia a mão em minha perna tentando alcançar com a ponta dos dedos o bico do peito embaixo da camisa, meu umbigo, a pelagem dentro da cueca que eu usava pela primeira vez, e seguiu tentando desviar minha atenção até eu descer na esquina de casa sem me despedir, agradecer, ou responder ao "passa na mercearia amanhã, você ouviu?", meio corpo para fora da janela do carro, a voz estilhaçando o silêncio da noite e os barulhos ainda cheios de cadência na minha cabeça.

Corri para a cama, sem nem mesmo entrar no quarto de mamãe para a bênção e o boa-noite, doido para reviver no sonho o delírio do *show*. Porém, no sonho, Alípio vestia as roupas de Marlene e o chapéu de veludo da tal mulher na primeira fila, tinha a boca lambuzada de batom, os olhos enxovalhados de carvão e imitava os gestos da Marlene numa caricatura bizarra. Eu o arrancava de lá a bordoadas, ajustava o chapéu de veludo na cabeça, segurava firme o microfone e ocupava o centro do palco, retribuindo com beijos assoprados na palma da mão os gritos da plateia dividida entre aplausos e vaias. De repente, invadindo o palco em pernas de frevo, mamãe me rasgava o vestido a partir do decote, me arrancava o chapéu, o microfone, as sandálias de salto e os arremessava contra a cortina de veludo lá atrás, aos gritos desafinados de minha voz, alto o bastante para me fazer acordar, estatelar os olhos e me sentar na cama, exausto, aparvalhado, ensopado de suor.

Aos poucos adquiria substância, não havia dúvida. Mamãe notou alguma coisa, os sinais de autonomia não passam despercebidos mesmo quando incipientes, contudo, não foi capaz de suspeitar de nada entre mim e o seu amante. Não por desconhecer a matéria da qual tudo é feito, mas por não considerar a hipótese de disputar com o filho caçula o objeto escolhido para se vingar das estripulias do meu pai. Assim, seguimos em nossa casa com a rotina familiar, acompanhando cada um a seu modo a passagem do tempo: eu e ela.

Abri a toalha de mesa no chão e começamos a fazer o rol da roupa para lavar e passar. Uma lavadeira para poupá-la do contato com os produtos capazes de lhe causar alergia era o único luxo permitido em casa. Mamãe me entregava cada peça, eu anotava no caderno de Português usando duas canetas, a azul para as peças de cama e mesa, a vermelha para as roupas de uso pessoal. Não eram tantas, porém eu achava bonito colorir a folha de papel, variando as cores para fazer a distinção:
- 1 lençol branco com barrado de florzinhas festonadas de amarelo,
- 2 toalhas de rosto com bico de crochê – 'eram 4, perguntar das outras duas',
- 2 vestidos de ficar em casa: um verde-claro lisinho e outro branco com aplicação do Coração de Maria na altura do peito,
- 1 centro de mesa de crochê com patinhos em relevo – 'engomar com goma firme para os patos ficarem em pé',
- 2 camisas Volta ao Mundo: a amarela e a azul-clarinha.

Ao final, arranquei a folha do caderno e guardei entre as páginas do diário, precisava conferir quando as roupas retornassem da lavadeira. Dei um nó usando as pontas da toalha, botei a trouxa debaixo do braço, o que me entortava o corpo, e caminhei até a casa de dona Iolanda nos fundos da igreja matriz, cantarolando uma canção que fez parte do programa sugerido por Alípio na boleia da camionete, mas não entrou no roteiro do *show*. "A mamãe pediu para a senhora ter mais cuidado com os botões das camisas, não abusar do anil nem passar o ferro muito quente na saia plissada, ela só tem essa de sair". Aceitei um copo do suco de caju. Na volta entrei na casa de dona Raquel, costureira, pegada ao Banco do Brasil. Tirei do bolso da calça a página arrancada da Revista do Rádio na sala de espera do Dr. Onofre, estive lá acompanhando mamãe na extração de um dente. Depois de desamassá-la entre as mãos abertas, entreguei o figurino da roupa, "a senhora faz um destes pra mim?" e fiquei olhando. Dona Raquel examinou a folha e franziu a boca. Ainda sem desviar os olhos do papel, disse achar o modelo pouco apropriado para o rapazinho que eu vinha me tornando, "e dos mais bonitinhos da cidade, apesar dessa voz de passarinho", tentou deslizar os dedos pela minha franja sem se voltar para mim, conseguindo apenas me assanhar o cabelo e me desconcentrar. Permaneci calado, ela levou a mão com a folha da revista para trás da bunda larga, deslizou os óculos até a ponta do nariz, me olhando afinal por cima da armação, tentando confirmar o que acabara de dizer. "Traga os tecidos e o fecho ecler, o resto eu me viro", devolveu os óculos para o lugar e apontou a caixa de madeira em cima da mesinha: colchetes, botões, agulha, alfinetes, linhas e toda espécie de utensílios de costura.

    Cruzei com Lavínia, filha de dona Raquel, na calçada. Lavínia era mãe da Surita, a boneca que amava assistir às apresentações de Marlene trancada comigo no quarto. Ela me jogava beijos da plateia de sapatos, Surita sabia beijar sem que se precisasse apertar os seus braços, era só pedir. Foi na boca de Surita que dei o meu primeiro beijo, depois de passar batom nos lábios dela para sentir o gosto do batom na boca de borracha e ainda me lambuzar um pouquinho. Mas isso foi antes dos doze anos, quando tive uma cabeça bem infantil. Agora só chamava Surita para pernoitar em casa nas noites de *show*.

Na semana seguinte fui buscar a roupa. Experimentei lá mesmo, à frente do espelho escorado na parede, fascinado pela beleza da camisa e o corte da minha primeira calça comprida. Faltava pouco para o aniversário de treze anos, o combinado era que eu só usaria calça comprida depois dos treze, mas eu já me sentia um bocado dono de mim, o suficiente para escolher o figurino com o qual me apossaria do destino. Dona Raquel me varreu de cima a baixo, deslizou os óculos, sorriu alguma ternura à moda dos comparsas e me tascou um súbito beijo no rosto quente, ali, no canto do quarto, em frente ao espelho quase encostado na máquina de costura. Vi a nossa imagem refletida e a abracei com força, elevando a temperatura do corpo a pelo menos cinquenta graus, ela repetiu: "um passarinho"; estive por um segundo feliz. Paguei com o dinheiro recebido de Alípio e ganhei a rua. As pessoas viravam o pescoço para me ver passar, eu todo por dentro de mim, levando a cidade no peito.

Daquele dia até a mudança para São Paulo o meu guarda-roupa não passou de pequenas variações deste primeiro figurino: uma espécie de toureiro, como via nas fitas do cinema Arte Palácio. Cinco dedos de cós na calça azul-marinho ou preta, zíper do lado direito, blusa de cetim branca em mangas compridas, punhos e gola de renda. Nos pés, sapatilhas ou sandália rasteirinha quando esquentava demais. Naquela primeira vez, o punho flutuava no pulso magro, mas talvez fizesse parte da alegoria. Ainda era verão, porém eu me sentia vestido para todas as estações, incapaz de resistir aos espelhos distribuídos pelas lojas de rua.

Foram muitos os espelhos, especialmente quando mãe e filho chegaram a São Paulo, alguns anos depois.

São Paulo, a maior vitrine de espelhos do hemisfério, justapostos a um primeiro olhar, sobrepostos depois, um por dentro do outro, outro, e outro ainda, afunilando cada vez mais, ao encontro do núcleo existencial do organismo.

Da cidade e de todas as gentes que agora eram eles também.

II

São Paulo não é mãe, é pai, ainda que insista nas atitudes femininas de acolher e dar de mamar aos filhos alheios que aqui desembarcam por emigração, desgosto, esperança ou desterro. Mas é a sua natureza paternal que a faz não dar de graça o colo, rijo aqui, flácido acolá, exigindo dos adotados a participação esperada dos outros, os bandeirantes de terra e cimento. Toninha penetrou na cidade por este orifício destinado à excreção. Foi acolhendo mais do que expelindo, que a cidade deixou de ser uma das menores capitais do país no início do século XX, para se tornar a grande metrópole da América do Sul, o que não quer dizer que, nesses meados dos anos sessenta, todos os que aqui habitam já não estivessem subordinados ao mecanismo de admissão e excreção, sístole e diástole da urbe habituada a transportar o cordão umbilical nos intestinos.

Ali estão os dois, mãe e filho, desembarcando da Kombi, chegando do interior, ocupados em transportar as malas para a pensão do português Francisco Pombo, resolvido a acomodá-los no próprio quarto, depois de se transferir para o quartinho de fundos, acolhendo-os pelo tempo necessário à instalação na cidade. A pensão sempre cheia pedia reserva com antecedência, entretanto as emergências insistem, exigindo do proprietário jogo de cintura e a boa vontade inerente ao ofício. Mãe e filho, entretidos com o expediente, não ligam para o entorno, porém a cidade já os observa das janelas, bondes, lambretas, calçadas e os próprios olhos de Francisco Pombo, duas bolas de gude engastadas acima do nariz torto, submetidas ao bigode vasto ao ponto de ocultar-lhe os dentes, mesmo quando solta a gargalhada com a qual esconde, além dos dentes, repentina cólera.

O motorista contratado às escondidas por Alípio Alma pouco pode ajudá-los, precisa voltar antes que deem por sua falta, a viagem se alongou além do esperado, dois pneus murcharam na estrada, o segundo chegou a explodir no asfalto botando em risco a estabilidade do carro e a segurança dos passageiros. Saíram de lá às pressas, buscando escapar das ameaças de dona Azula decidida a eliminar a rival tão logo tomou conhecimento do frege entre os dois. Temia-se a reação de Violeta ao contato pouco convencional entre o filho e o amante, mas foi Azula quem revelou uma fúria inesperada, provocando um maremoto no oceano pacífico dos seus olhos. Ao descobrir a ligação do marido com a viúva, por intermédio de uma carta anônima acompanhada da fotografia do casal, invadiu a casa da ex-amiga de garrucha na mão, exibindo fogo nas ventas e uma intimidade com a arma digna do melhor soldado da artilharia. A combinação explosiva surtiu efeito, e já no dia seguinte mãe e filho embarcaram na Kombi em direção à capital, sem direito a despedidas, votos de boa sorte, farnel de viagem e coisas assim.

Toninha estava passando o final de semana na fazenda Porto Feliz, propriedade do usineiro Artur de Castro, com quem permutava, nos últimos meses, o mesmo tipo de escambo praticado com Alípio Alma. Os dois tomavam banho na cachoeira do Alto, divertindo-se entre eles lá, quando foram interrompidos pelo menino do vaqueiro, pernas e língua de fora, mensageiro de dona Violeta exigindo a presença de Toninha na casa, estavam de mudança para a capital, e era para hoje, e era para já, largasse o que estivesse fazendo e retornasse a casa de imediato. Artur de Castro se movimentou, recompondo-se como deu, porém Toninha tirou o calção sem nenhuma pressa, o torceu embaixo da cachoeira e alongou os braços acima da cabeça, deixando a água gelada escorrer pelo corpo magro. Vestiu de volta o calção, e depois de dar um toque no cabelo molhado simulando um coque logo desfeito, pediu ao menino que fizesse das mãos um estribo para ajudá-lo a montar na garupa do cavalo. Acomodado na sela, Artur galopou até a sede da fazenda sem se voltar para o outro na garupa uma única vez. De lá mandou o filho mais velho do vaqueiro pegar o Jeep e devolver o caçula de Violeta à casa da mãe na cidade.

O que se poderia chamar de peças de mudança estava na sala, a poucos passos da porta de entrada: três malas de roupa e duas caixas grandes de papelão. Dentro delas Violeta enfiou o ferro de engomar, o liquidificador, um rádio de pilha, o elefante de vidro, o ventilador portátil e outras peças de utensílio assim fundamentais. Tão logo conseguiu se livrar da mãe, incansável nas acusações à mulher do amante e a todos os que faziam da vida alheia matéria do próprio ofício, Toninha saiu às pressas, voando à mercearia de Alípio Alma, longe de se incomodar com os comentários responsáveis por evitar encontros à vista do povo desde o ano passado. Alípio, após celebrar o anonimato preservado entre os dois, "poderia ter sido pior", avançou até os fundos da loja e abriu o pequeno cofre de ferro ocultado por um miserável quadro floral, as pétalas desbotadas pelo manuseio diário. Ajustou a senha olhando para um lado e outro, enquanto Toninha se servia do sonho de valsa disposto no baleiro de vidro em cima do balcão. Ainda de costas, Alípio pegou um pequeno maço de dinheiro e se voltou para ele, agora sim, com um riacho miúdo ameaçando embaçar-lhe a vista: "Entregue à mamãe. É para ajudar nos primeiros tempos".

– E para o bezerrinho, não tem nada? – Toninha dividiu o dinheiro em dois volumes, acomodando-os um em cada bolso da calça, depois esticou a mão e a manteve de palma para cima, dirigindo-a, não mais à braguilha, mas ao vaso de flores de retorno à parede.

Alípio voltou, retirou o quadro, abriu o cofre com o mesmo cuidado e pegou um maço menor, ajustando o elástico à pequena superfície de notas.

– Você não vai me ofender com essa borracha murcha, Tonhão – Toninha esticou o elástico usando o indicador e o polegar, modelando uma figura capaz de alcançar um volume quase o dobro do montante destinado à mãe. Na boca, o sonho de valsa se movia para um lado e outro, estufando as bochechas coradas de sol.

Alípio voltou uma terceira vez ao cofre, retornando com outro pacotinho e uma expressão indefinida no rosto, as mãos ligeiramente trêmulas, as pernas bestas, todo ele velho, atracou-se afinal à Toninha, comprimindo o corpo dele contra o seu num alinhamento vertical, o menino havia crescido, agora são dois sujeitos. Alípio sentiu o contato de corpo inteiro, a verticalidade traçava uma longa estrada largamente trafegada, excitando-o ao nível dos primeiros tempos, com o agravante que hoje poderia chamar a isso de amor, e o amor seria capaz de deflagrar uma revolução. Todavia, este homem quase velho não é dado a revoluções, deixou cair os braços e escapulir um suspiro, recuando afinal: "vou providenciar um jeito de vocês chegarem bem a São Paulo". Toninha engoliu o que restara do bombom, ajeitou o pacote de dinheiro por dentro da calça, olhou Alípio Alma pela última vez e ganhou a rua.

Não se incomodou com todos os olhos da cidade voltados para ele. Sabia que também lhes oferecia essa visão pela última vez. Não foi por outro motivo que escreveu a carta, juntou a fotografia e a remeteu pelo correio da cidade vizinha.

Vislumbrado o destino, chegara a hora de ocupar o cenário compatível com a sua pressuposta dimensão.

O centro de São Paulo, onde Toninha afinal botava os pés, revelou-se o cenário adequado, e a cidade, inesperadamente familiar. Não a familiaridade dos íntimos, os que partilham o sangue, mas o vínculo dos que pertencem à mesma tribo, dividem o regimento, e após longo tempo de ausência se reencontram, não são íntimos, mas se reconhecem. A mãe o tirou da cama muito cedo, abrindo a cortina de pano e puxando o lençol: "levanta, a cidade acordou". Banho de chuveiro, café preto, pão com manteiga, o refeitório ocupado pelos viajantes de passagem, uma vedete, mascates, os moradores temporários. Saiu da pensão próxima à estação da Luz, deparando-se com um solzinho tímido tentando azular a manhã cinzenta.

Na rua se tem a zoada de uma usina em produção, Toninha não consegue lembrar se no Rio de Janeiro viu tantos carros como vê nessas ruas aqui, são eles que se encarregam de colorir as vias, porque vermelhos, azuis, amarelos, pretos, variam tanto na marca quanto na cor. E a tudo a rua comporta: carros, gentes, carroças e vespas, os bondes, que estes parecem mesmo deslizar sobre os trilhos ainda úmidos do orvalho, subiu no primeiro bonde sem ter ideia para onde ia ou quanto tempo ficaria ali dentro, todo lugar é lugar quando não se tem aonde ir, ocupado apenas com o trajeto. Pagou ao cobrador, ágil em manipular as notas de dinheiro distribuídas em leque entre os dedos. Sentou na extremidade do banco, o vento frio atingiu-lhe os cabelos batendo nos ombros, continuou observando o zigue-zague de dedos do cobrador manipulando as notas, atraído pelo vigor do movimento em contraste com a sisudez do rosto mal desperto. Um ou outro passageiro levantou a cabeça do jornal para o ver, alguns até fixavam a vista, mas eram outros olhos, para estes é que havia se debruçado na janela da pensão de frente para a rua, tão logo acomodaram a mudança, para estes estava aqui, dirigido pela cidade, inocente do perigo de ser conduzido assim, quase à deriva. Desviando a vista, acompanha as mutações da paisagem lá fora, como se da plateia de uma casa de espetáculos assistisse à alternância dos cenários de certa forma ordenada, mas independentes entre si, dando a impressão de ser a cidade que se desloca ao entorno dele. Embora não seja dado a nostalgias, é inevitável pensar no parque de diversões de sua infância, o Largo do Rosário e os cavalos do carrossel em movimento circular, ao lado dos quais o largo gira incessantemente.

Distraído pela força das evocações e atento ao pulso da cidade, não percebeu a mudança de lugar da mulher miúda de vestido verde-água, meias de seda e saltinho nos pés, dois bancos atrás do seu. Mal o sujeito desceu no ponto, ali pelos Campos Elíseos, ela ocupou o lugar do passageiro ao lado, cumprimentando-o com um sorriso discreto, alinhando os joelhos e cruzando as mãos sobre a bolsa acomodada no colo. Toninha retribuiu o riso, está à vontade, grato por compartilhar o cotidiano matinal, São Paulo se espreguiça, o passado retornou para trás, segue este outro carrossel urbano.

"Você parece feliz", foi a primeira frase da mulher, enquanto se mexia no banco tentando esticar o vestido para cobrir as pernas, ele achou que a bolsa fosse cair, arriscou um movimento em sua direção, "meu tronco está aqui, mas a cabeça e os quatro membros se espalham pela cidade, é ela que se locomove usando os meus pés", Toninha disse, sem pensar no que dizia, retomando a posição no banco, os olhos novamente esmiuçando o lado de fora. Alberta fez uma cara engraçada, talvez de susto, quem sabe espanto, sem se dar conta de que o outro acabara de pensar em voz alta, uma digressão e nada mais. Alberta já nasceu plana, parece não ter concedido à vida a faculdade de azeitar suas dobradiças, Toninha referiu-se a membros espalhados pelas ruas, ela aludiu a esquartejamento, Tiradentes, filmes de terror, ela mesma disse tão logo o convívio permitiu as intimidades, rindo aquele riso que mais escapulia da boca do que traduzia qualquer júbilo. "O seu cabelo...", deslizou a mão pelo cabelo liso de Toninha, escorrendo em seguida o dorso da mão por uma banda do seu rosto, "esse pêssego..." e foi logo falando da dona Sarita, a modista a poucos quarteirões, uns três pontos do bonde, "você não é daqui, deve ter chegado de pouco, pouco dinheiro, tudo o que precisa é de um bom emprego sem muito trabalho, a sua androginia tem a cara de São Paulo", ela disse assim mesmo São Paulo em maiúsculas, acentuando o caráter masculino da capital. Androginia, eu não conhecia a palavra, porém aceitei a comparação, nada que me associasse à cidade poderia me desmerecer, alinhei a coluna, alonguei o pescoço, "a modista?", repeti, pensando em dona Raquel tratada por costureira, e ela, "claro, a modista espanhola, o ateliê na Líbero Badaró, sexto andar de um prédio com elevador, coisa chique, desfile até no Mappin", deu-se ares para dizer. "A gente primeiro passa na igreja de Santo Antônio, vai agradecer, toma um chocolate quente na leiteria perto e segue para lá, vocês vão amar se conhecer, madame Sarita não é de hoje está procurando alguém com esse talhe, sua voz, esse jeito de não mostrar de cara quem é, os tais mistérios", essa última ela sussurrou-me no ouvido, meio sem fôlego, quase assoprou. Agora fui eu a não entender o comentário, porém Alberta já estava íntima do meu corpo, tentando compreendê-lo com a ponta dos dedos, contornando os meus braços com as unhas rentes, embora falasse me olhando no olho, cindida entre olhos e mãos.

Saltamos do bonde no ponto seguinte, ela fez menção de me ajudar a descer, um tanto maternal, um pouco servil, me desvencilhei do seu braço, "não há dúvida que você tem estilo, vai dar uma bela modelo", se referiu a mim no feminino, destacando a minha roupa, a calça de cós alto, o zíper lateral, eu vestia um casaco de couro preto por cima da camisa de cetim, realçando a gola de renda sobreposta à gola do casaco. O casaco foi presente de Leonardo, veio da América, Illinois, meu irmão tinha se alojado por lá, e de lá nunca mais deu notícia desde o envio dos presentes e umas notas de dólar dentro do bolso interno fechado por um botão de madeira, mamãe ainda chorava quando acontecia de chover ao final da tarde e assoprar o vento úmido despertando o cheiro de terra molhada como ele gostava, "coragem é para quem tem", dizia, não apenas para enaltecê-lo, mas me inferiorizar na comparação. "Você estuda ou trabalha?", nós estávamos sentados nas cadeiras de uma leiteria pelos lados da Praça do Patriarca, tomando chocolate quente com biscoito, eu nunca tinha tomado chocolate quente com espuma na xícara, nem comido esses biscoitos recheados com geleia de framboesa e damasco, têm gosto de estrangeiro e cinema. Os doces da vitrine e os garçons engomados, os lustres e a geometria do assoalho me fizeram lembrar a Confeitaria Colombo e Nonô, achei tudo tão longe, demorei a responder "o meu único trabalho até aqui foi assear e vestir os mortos", "credo!", ela fez outra vez a cara de susto e passou o guardanapo pela boca, limpando o excesso de chocolate, "por aqui não se usa isso, queridinha, tenho coisas mais agradáveis a oferecer", e de novo deslizou a mão pelo meu rosto, "termine, venha, estamos quase atrasadas", novamente o feminino, e desta vez no plural.

Saíram da leiteria se esgueirando pelas vitrines das lojas na calçada, tentando permanecer sob as marquises dos prédios e os toldos quando havia, é que começou a garoar forte, a manhã mudou de cor enquanto estavam lá dentro, nada mais do azul insinuado, mas guarda-chuvas, capas, chapéus na cabeça dos homens, sombreiros improvisados com jornais e pastas de couro protegendo os olhos dos pingos às vezes oblíquos conduzidos pelo vento.

Alcançaram a portaria do prédio, uma construção quadrada e maciça fincada na segunda metade do primeiro quarteirão a partir da Praça do Patriarca. "Dona Alberta, que virada no tempo!", o porteiro se apressou em abrir a porta pesada e eles quase se atiraram para dentro. Alberta lamentou ter escolhido mal o sapatinho, inadequado para a mudança de tempo, "já vá se acostumando, Toninha, São Paulo é irrequieta, quatro estações num dia só, madame já chegou, Miguel?", "está todo mundo lá em cima", ele disse, enquanto abria a porta pantográfica do elevador, "todo mundo?", notei que ela registrou a expressão sem esticar a conversa, sacudi os cabelos meio molhados, tirei o casaco umedecido, Alberta deu um trato no penteado após arrancar um espelhinho da bolsa, subimos em silêncio, o elevador é lento, parece penoso ascender.

As meninas estavam todas em seus lugares diante das máquinas de costura perfiladas, pedalando, cerzindo concentradas, eram seis. Dona Sarita conversava com o primeiro fiscal, o de terno azul-marinho, de pé, enquanto o outro, à paisana, observava sentado à meia perna na mesa de canto, a maior, de onde a modista costuma despachar, onde faz os desenhos, logo, revistas de moda, cartolina, folhas avulsas, lápis, uma fita métrica, régua e o telefone preto em cima de duas grossas listas telefônicas. Eu não sabia que eram fiscais, tampouco o que fiscalizavam, mas, com o tempo, tomei conhecimento de muita coisa. Depois daquela, voltei outras vezes ao ateliê de dona Sarita Fuentes, várias vezes estive lá, tempo bastante para discriminar as costureiras todas jovens, algumas lindas, duas falavam outros idiomas além do Português, uma, talvez a mais bonita, ruiva de cabelo cacheado, puxava de uma perna, mancava, Suzana. Um pôster da Sarita Montiel em *La Violetera* na parede atrás da mesa redonda me chamou atenção, ocorreu-me de imediato a Marlene, a semelhança, não física, mas o feitiço comum às duas: "*Hola, que tal?!*", dona Sarita me puxou de volta à sala, saudando com o cumprimento espanhol, tão logo os homens saíram. Eles deram por encerrada a vistoria e começou ela a sua própria, porque não poderia ter outra intenção senão vistoriar, esta maneira muito sua de avaliar o corpo alheio sem nenhuma discrição ou escrúpulo. Com a mesma expressão da criança habituada a ter as vontades atendidas de pronto, tirou o casaco da minha mão, colocou-o na chapeleira ao lado do biombo chinês, apalpou os ossos laterais do meu ombro, alongou o meu braço diante de si, e, atando a ponta dos nossos dedos lá em cima, me fez girar à sua frente num compasso lento e delicado, de certa forma elegante: "*Ulalá!*", arrematou, saboreando a exclamação sem a menor intenção de disfarçar o entusiasmo.

– Onde você encontrou essa pérola, Alberta?
– No bonde, madame. Não foi um achado? – Alberta disfarçava a afetação, deslizando o polegar pelos outros dedos da mão quase em concha, eu logo antipatizei com esse tratamento de madame, porém todo o resto me pareceu agradável, um lustre em forma de escaravelho despencando bem no centro do teto desviou o meu olhar, as meninas se voltaram todas para mim, dei um pequeno passo para trás. Em seguida recolheram a costura, dobraram tecidos, enfiaram agulhas no carretel de linha, se apresentaram lá mesmo de onde estavam, uma ou outra sorriu, cheguei a me divertir com a cara de enfado da primeira de cá. Suzana se levantou amparando-se na máquina de costura, claudicou pela sala em direção à chaleira em cima de uma

mesinha de canto, enquanto madame, com breve gesto de mão, sugeriu ou ordenou, sem nem mesmo se voltar para elas, que, ok, podiam se retirar. A mais mocinha abriu a porta ocultada por uma estante em rodas de ferro fácil de empurrar e foram desaparecendo, uma a uma, lá pra trás. Madame Sarita sentou no sofá de três lugares forrado por uma colcha de chenile com franja nas bordas, cruzou as pernas, descansou o queixo na mão e sugeriu que eu me movimentasse à sua frente, agitando os dedos, "faça como quiser", "alongue-se, espreguice", "saia da sala e entre novamente, apresente-se para mim e para ela", insinuou-se em direção à Alberta ainda de pé. Não entendi o que ela queria, havia percebido o tom autoritário dirigido às meninas, eu não estou habituado a receber ordens de outra pessoa a não ser mamãe, cruzei a porta que ela entreabrira antes de sentar, caminhei devagar pelo corredor, e por pouco não desço as escadas ao fundo ou aperto o botão do elevador ao lado. Quando voltei à sala, ela estava no mesmo lugar, pegou outra vez a minha mão e nos fez sentar lado a lado no sofá, "Toninha é um nome muito menor do que você. Precisamos de algo do seu tamanho", prensou o meu queixo entre os dedos, voltando-se para Alberta, Alberta aquiesceu, madame escorreu a mão pela minha perna devagar, uma, depois a outra, devassando minha intimidade com a palma da mão aberta subindo à raiz das coxas, exibindo as unhas cor-de-rosa: "esta é a chave que vai abrir as portas da cidade para você, Antônia Luna".

 Levantei-me, deixando seu braço solto no ar, as unhas ainda cintilando na mão espalmada, me sentindo perdido entre aquelas pessoas, o ambiente, a situação, e esta identidade sugerida, por alguns segundos estrangeiro de mim. Caminhei até a porta de saída, Alberta me deteve pelo braço, firme, mas não austera, postando-se à minha frente, tentando deixar tudo natural. Enfiou um cartão de visitas no bolso do casaco agora em sua mão e me entregou, usando a ponta do indicador como cabide: "madame espera você voltar, não a faça esperar demais, humores são tão passageiros", finalizou com um muxoxo, emendou o beijinho protocolar e me deixou sair. Madame permaneceu de pé, mexendo na mesa de trabalho, mudando coisas de lugar, de costas para nós. Desci as escadas, quase ofegante, desejando sumir dali, diminuindo o ritmo dos passos à medida que me afastava do sexto andar, os olhos grudados nos degraus de cimento, a cabeça em todo lugar. Na recepção, o porteiro me esperava de pé, segurando uma folha da porta aberta, respondendo a minha despedida afobada com um pequeno aceno, notei a tentativa de altivez, a camisa branca engomada por dentro da calça preta, cruzei o umbral da porta sem me voltar para lado nenhum.

Uma vez na rua tomei à direita, repetindo o caminho feito com Alberta. No meio do quarteirão parei e olhei para trás, revi o percurso como se o quisesse reter, atravessei a rua abrindo caminho entre os carros, antes até de alcançar a faixa de pedestres, ruídos, buzinas, alguém bateu a mão na lataria da porta com um xingamento, acelerei o passo e alcancei a calçada. Deste lado, caminhei de volta até ficar em frente ao prédio do lado de lá. Contei cinco sacadas de apartamentos e escritórios de baixo para cima, me detendo na sexta, acabara de sair dali, de certa forma fugira, mas parecia-me agora tão próximo, não estava certo de ter tomado a atitude correta, cogitei voltar, entretanto permaneci na calçada esfregando as mãos uma na outra sem me mover. As cortinas haviam sido abertas, as janelas de vidro não, ninguém à vista, dois chorões de samambaia no canto esquerdo da sala, não os tinha visto ali, como é possível? Tirei o cartão do bolso do casaco: *Madame Sarita Fuentes, artesã de tecidos&pele*. Alternei o olho entre as janelas e o cartão em papel *couché*, devolvi-o ao bolso e vesti o casaco, embora não sentisse frio, soprava uma brisa insuficiente para fazer esfriar. A lembrança de Leandro irrompeu das fibras do couro, mas a repeli. Preocupei-me com a hora, queria saber de mamãe, pareceu-me estar na rua há tempo demais. Depois de alguma hesitação quanto ao caminho a seguir, e quase atropelado pelo tropel da calçada, peguei a mesma direção de antes, dobrando à esquerda na primeira esquina.

Eu tinha visto a vitrine de joias e adereços pela manhã, porém o mau tempo e a pressa de Alberta me impediram de apreciar como gostaria. Agora não chovia mais, o sol voltara a se intrometer entre as nuvens, eu estava um pouco menos agitado, parei e fiquei olhando. Anéis, relógios de ouro, broches e pulseiras, tudo iluminado pelo *spot* de luzes brancas tornando-os imunes à claridade vacilante do sol. Um conjunto de brinco e gargantilha de platina e brilhante no centro da vitrine fisgou o meu olho. Quando consegui respirar, desviei o olho e dei de fuçar o interior da loja, mexendo a cabeça para um lado e outro, pouco me movimentando de onde estava. Ao lado da porta de entrada, distribuídos no balcão de madeira, cabeças de manequins vestiam chapéus, lenços e turbantes, echarpes enroladas no pescoço ou contornando os ombros, onde terminava o corpo de gesso dos bonecos, Antônia Luna se sentiu momentaneamente desperta, os últimos acontecimentos pareciam convergir todos para ela. Eu, no entanto, não me sentia apto a corresponder. Não me sentia apta. Por enquanto, aqueles adereços fora do meu alcance tinham a propriedade de vestir a pele da cidade, e a cidade continuava a se mover à custa dos meus pés, mas não dividíamos o mesmo indivíduo.

Saí dali tomado por uma excitação perturbada, tentando desconsiderar o prazer para o qual me sentia destinado, embora certo de estarmos em rota de colisão. Certa de estarmos. Entrei numa drogaria ao lado da estação do bonde e me dirigi à prateleira dos cosméticos. Pedi à vendedora que me ajudasse a escolher, ainda que soubesse o que queria. Selecionei o batom pela cor e o aspecto luminoso do vermelho; o esmalte, pelo pareamento com o batom, o tom mais ameno da mesma cor. Lápis de sobrancelha, ruge cor de terra e uma loção hidratante para pele normal. Alonguei os dedos da mão e antevi as unhas vermelhas, fazendo-me simular o frágil riso das promessas insistentes e não cumpridas.

Quando, mais tarde, deitado na cama de casal ao lado da mamãe que dormia, passei a espalhar a loção pelo corpo – comecei pelo pescoço e fui descendo, ombros, tórax, abdome, coxas, pernas, até os pés – senti que me apossava deste novo estojo, uma cápsula sobrevivente a alguma explosão interior. Eu me percorria com a palma da mão, executando à meia-luz do quarto uma espécie de cartografia corporal. A pele, responsável por revestir a circunferência do esqueleto em toda sua extensão, admitiu estabelecer o perímetro do que em mim carecia ser exato, me transformando também em tegumento da cidade: ruas, travessas, becos, pontes e viadutos, tudo se entrecruzava em minha superfície corporal. Mamãe permanecia dormindo ao meu lado, imóvel, eu ouvia os ruídos do seu sono sem me ocupar deles, submerso no mergulho mais fundo, submersa; por baixo da água, entre as membranas de terra, a lama. Gozei o prazer físico circunscrito às virilhas, sem me entregar de todo ou obedecer ao desejo convulsivo do corpo, tentando evitar que o fluido gelatinoso que meu gozo era capaz de expelir maculasse o lençol ou despertasse mamãe.

Fossem núpcias, fosse vermelha a mácula, o noivo estenderia o lençol no quintal sinalizando minha pureza e sua virilidade – eu era a noiva casta.

Mas o noivo também era eu.

Ele acordou cedo na segunda-feira, "e por que não posso continuar dormindo, mamãe, está chovendo", o menino puxou o cobertor até cobrir a cabeça, e se ausentou da casa, da mãe, do mundo de cá, e de dentro dos panos não saiu. Hildebrando, aos sete anos, é esse menino enfezado, nada está bom para ele, olha para um lado, ruim, para o outro, seco, esse mocinho é carne de pescoço, a avó Cibele disse certa noite lá de dentro dos panos de dormir, valendo-se de uma autoridade responsável por revelar o neto, filho, o sobrinho à parte da família habituada a conviver com ele sem o ver, sem ainda reconhecer as estripulias do moleque e as nomear, admitindo as diferenças entre ele e os outros. "E não larga a merda desses livros", tio Jorge insistiu alguns anos mais tarde, o esquisito do sujeito não devolvia com um chute a bola de futebol a dois passos dos pés, a molecada se acabando na várzea, o fulaninho agachado embaixo da pitangueira, de livro na mão, e que porra é essa, se ele é um deles, por que não reivindica o seu lugar, dá um fim na pasmaceira e entra no jogo, não é mau goleiro, mostrou outro dia quando se dispôs a entrar em campo para ganhar o livrinho de contos do Machado de

Assis, presente do outro avô, o de Bebedouro, que nunca aprendeu a ler nem falar direito o português, mas acredita na força das palavras.

É que Hildebrando não consegue enxergar nesse objeto o material de que é feito, celulose, matriz, impressora, de Gutenberg só conhece o nome, da gráfica de Santana e dos livros de escola, nunca viu sequer o retrato. Tudo o que enxerga nessas páginas se pode chamar de vida e pulsão, certo jeito de existir, um choque, o susto. O menino Hildebrando, sem lugar no mundo material, precisa se alinhar às pessoas dos livros, a nenhuma outra gente consegue se ajustar com algum conforto, restando-lhe os autores, porque eles escrevem o avesso do que somos, ou do que supomos ser, e o pequeno Hilde deseja se olhar pelo avesso, se constatar e usufruir a existência que lhe cabe. Quando aprendeu sobre a impressão digital, entendeu que a identidade só é alcançável observando-se o avesso, a mesma forma pela qual se diferencia um bordado feito em série ou à mão.

Nada disso passava pela cabeça desse moleque franzino, ensimesmado, evidente que não, tudo o que Hilde esperava, ao virar páginas e páginas de papel, era se ausentar daqui e ir ao encontro de. Este, o grande desejo. Grande, mas não o único. Desejava também mudar de nome, já que não conseguia evitar o tal Hilde na boca de todos ao se referir a ele, esse nome feminino, delicado, ao qual se tornava cada vez mais incômodo atender, com esse nome não dá para encarar os horrores da vida. O outro, o de batismo, era quase um desaforo: como se nomeia um recém--nascido com um nome de onze letras? Ainda por cima capricorniano, a avó Cibele ressaltava, ao dar de mexer nas cartas do baralho e os arcanos do tarô, sentada na cama, no canto do quarto iluminado apenas por uma vela de sete dias em cima da mesa de madeira, e a outra, normal, a cada semana uma vela de cor diferente, vermelha, amarela, vinho, postada no castiçal de prata que, embora adquirido numa feirinha de quinquilharias no próprio bairro, ela dizia egresso de Portugal, acomodado no fundo falso do baú de couro da família, sobrevivente de uma tempestuosa travessia marítima, o Atlântico, pelo menos quatro décadas atrás. Capricornianos nascem velhos, e os que conseguem, apenas os que conseguem, vão rejuvenescendo com o passar do tempo, configurando um problema adicional lá adiante, em função do atrito entre essa juventude do espírito e a degradação da velhice. Para não falar das conjunções externas nada simpáticas a comportamentos discrepantes entre idade física e mental: "a tragédia da velhice não é a existência do velho, mas a existência do jovem", Lord Henry esclareceu para Brando já adulto, levando-o a se identificar com este lorde falastrão, incansável na aliciação a Dorian Grey, até convencê-lo a eternizar-se no retrato.

Longe de se incomodar com as homilias da avó, o menino se apropriava da entidade astrológica sugerida, adquirindo o hábito do silêncio, do isolamento e certa severidade disposta a acompanhá-lo a vida inteira, responsável por tatuar em sua testa, antes dos quarenta anos, três ou quatro vergões horizontais configurando-lhe o cenho precoce, redefinidos pela prática da introspecção obstinada. Para completar, aos doze anos ganhou dela mesma uma bengala com um cavalo prateado no cabo, comprado na mesma feira de miudezas em Santana, apresentado como reminiscente do velho baú transportado no porão do navio português. Daí ao primeiro terno de tergal, antes de completar os treze, foi um passo curto. Hildebrando substituiu as mangas de camisa pelo paletó engravatado, mantendo a boina de veludo e o sapato do colégio ao se dirigir à missa de domingo no mosteiro de São Bento, indo, menos por adoração eucarística, mais pelo desfrute do ambiente, o teatro barroco de cânticos, sândalos, objetos e fragrâncias.

Então aconteceu: ao saber que levavam no cine Metro *Uma rua chamada Pecado*, a avó Cibele se levantou da cama de onde pouco se ausentava nos últimos anos, tomou um banho sem ajuda de ninguém, vestiu o antigo conjuntinho de saia e paletó, passou o perfume atrás da nuca, juntou a bengala que fora do bisavô, "um belo comendador português", e comunicou a todos, a família entretida com a sobremesa do almoço, disputando as porções: "Vou ao cine Metro. Marlon Brando mandou me chamar". "Posso ir junto, vó?", o neto, o único a emitir qualquer som, empurrou o pratinho com o pudim de pão e saiu correndo para o quarto. Três horas depois, de volta a casa, estava novamente batizado: Brando, como o ator da fita. Não pôde entrar no cinema, o filme era proibido para menores, ficou pela rua entre um saquinho de amendoim, um picolé de groselha, o olhar pouco simpático do segurança e a certeza de que o artista do cartaz escolhera bem o nome com o qual se apresentar ao mundo. Afinal nomeado, Brando compreendeu que talvez nem seja necessário cumprir o nome pelo qual te chamam, mas é fundamental validar a sua identidade: espichou cinco palmos de altura naquela tarde.

De um dia para o outro foi despertado pelo alarido das testosteronas, chegou à puberdade e a essa avalanche, rompidas as comportas de contenção. Só pode ser vermelho-sangue a natureza de tal substância viril atiçando-lhe a mente irrequieta, botando em atividade a gangorra mente-corpo no desequilíbrio responsável por fazer a geringonça girar. Vivia se esfregando no colchão da cama, ao modo patético de quem nada um *crawl* em piscina seca, debatendo-se, arremetendo contra o colchão impassível, ênfase no púbis e na raiz das coxas; devorava folhas de revistas com desfiles de *misses* de maiô, artistas de cinema, cartazes de filmes, o temor de lhe brotar um tufo de pelos na concha da mão esquerda, canhoto. No sítio de Bebedouro, férias da escola, teria levado adiante o embate entre ternura, paixão e um vertiginoso desejo por Emília, a vaca parida de pouco, cujo olhar e silêncio conciliavam a platitude do campo com o desejo de fêmea. Para não falar nos úberes cheios, capazes de acolher seu membro destinado a tornar vívido todos os objetos disponíveis do planeta. Foi capturado por dona Stela, a mulher do dono do sítio, ávida por abater esse neto do caseiro quase homem, e não apenas ele, mas o desejo partilhado por ambos, desde que percebera o interesse do fulano nas ordenhas à Emília, sempre na companhia do avô, acompanhando a troca de olhares entre os dois: o animal, cumprindo a natureza horizontal do seu olhar de vaca; ele, na verticalidade rija do bicho-homem ainda distante de qualquer humanização. Utilizando-se da própria cama do casal, dona Stelinha, sem considerar os mirrados constrangimentos do subalterno, despertou o corpo dele para o prazer partilhado, satisfeita por retornar às experiências conjuntas de prazer. Foi obrigada a constatar que o foguetório compartido nem sempre sobrevive aos comemorativos do gozo pessoal. O parceiro tentava escapulir da cama tão logo se refazia da vertigem, sem conseguir se erguer, dona Stelinha pesava os peitos sobre o seu tórax magro, acariciando-o de uma ponta a outra do corpo suado, serpenteando palavras loucas em seu ouvido, enaltecendo-lhe a virilidade responsável por fazê-lo assoprar essa brasa, até há pouco excluída do fogo, "não existem tantos com tal rigor hormonal, meu rapaz!". O mesmo dispêndio hormonal quem sabe insatisfatório no menino Toninha, muitas vezes confundido com o sexo oposto ao cruzar com algum forasteiro na cidade, ignorante da criança de Violeta e Fausto, é menino-homem este garoto, broto da terra, caçula do Fausto, repetiam; agora mesmo mãe e cria circulam pela calçada, a cabeça escondida sob a touca de crochê capaz de a um só tempo protegê-lo do vento frio do outono e moldar o rosto indefinido. "Que graça, dona Violeta, tem os seus traços, mas eu arriscaria dizer ainda mais delicados", "são as sobrancelhas bem desenhadas, parabéns, mamãe, como chama a menina?", Toninha não se constrangia com a confusão de gênero, sorria lá de baixo encarando os cá de cima, tentando corresponder ao cumprimento, e a mãe, cansada de esclarecer, ou entregue a outro interesse de momento, deixava passar e concluía o assunto com uma frase qualquer, às vezes um sorriso a deformar-lhe a boca, pouco interessada em desfazer o equívoco.

Convencido deste efeito e à vontade com as distorções, Toninha não esperava grandes quedas de temperatura para recorrer à touca de crochê na cabeça, chegando a iniciar uma pequena coleção, na euforia de quem executa o figurino depois de identificar o que lhe vai bem. Violeta não deixou ir longe a coleção, ou como se queira chamar essa esquisitice, "duas está mais do que bom, e troca esta amarela por uma azul", porém Toninha, em vez de recuar, começou a tecer suas peças com a ajuda de dona Raquel, evoluindo até a confecção de um delicado bolero em tons de lilás usado por cima da camisa, sem o qual não comparecia aos festejos de inverno, de outono, oxalá de verão, mesmo pagando o preço do suor escorrendo pela cara e os olhos atravessados de quem o visse passar. A mãe fazia vista grossa, considerando que os olhos da rua, a língua e os gestos capazes de traduzi-los se encarregariam de gritar os pareceres calados por ela, acompanhados dos devidos ajustes, ainda que brutais. Violeta não tinha mais dúvida de que o filho não se entendia com a própria masculinidade, e resignara-se, fingindo ignorar aquela voz indefinida, o molejo dos quadris, aquele jeito insuportável de tirar o cabelo da testa. Tornara-se inevitável admitir que Antônio José não adquirira a intransigência corporal dos garotos, permitindo aflorar os maneirismos anunciados na primeira infância, insistindo no mesmo jogo irrequieto de pernas magras, o pulso que não se afirma no antebraço, a cabeça móvel demais sobre o pescoço, e essa alma em constante fricção com a embalagem. Assim, seria mais prudente abdicar à condição masculina do que danificá-la com trejeitos incompatíveis com este universo imperturbável. Compactuar com o comportamento do filho era a maneira de dizer ao menino que ele não poderia aspirar a nada maior do que o seu tamanho, ele não ultrapassara a formatação feminina, igualando mãe e filho no que ela tinha de mais vulnerável: a própria condição. Certamente à vontade com o caráter permissivo deste convívio, Violeta não hesitou em pegar o caçula pela mão e caminhar com ele à casa de numero 28 da Rua da Alegria, uma das últimas antes de se chegar à região pantanosa do Bom Jardim, área há muito danificada pelas chuvas de verão. Com os sapatos lambrecados de lama, bateu na porta da casa. A mulher que abriu estava descalça, tinha o cabelo puxado para o alto da cabeça escorado por um grampo e segurava uma colher de pau levemente fumegante.

– A mãe da Sabrina, não é? – Violeta despejou a pergunta que há dias lhe queimava a boca.

– Eu mesma, e a senhora quem é? – Descansou a mão na porta, dobrou a perna e escorou o calcanhar no outro joelho.

– A mulher do amante da sua filha.

– Como assim a mulher do amante?

– A senhora talvez não saiba, mas o Fausto Olímpio é casado, mora no centro da cidade, sua filha vem desgraçando a nossa família, veja o estado da criança – e ergueu o braço de Toninha, do qual não se havia desvencilhado.

– Entra, faz favor, me conte tudo, e a menininha, como é o nominho dela, a menininha?! – a mulher desfez o trançado da perna, nos puxou para dentro e fechou a porta meio pensa atrás de nós, deixando de fora dois ou três vizinhos que tentavam se aproximar. Eu não gostei de ser chamado de menina, não queria estar ali entre mamãe e a mulher, nem me sentia desgraçado ou infeliz. Já não me agradavam os diminutivos nem os femininos, agora só pensava em escapar e voltar para casa e montar no cavalo armado na perna do papai, agarrá-lo pelo pescoço, me esconder dentro dele uma vez, dizendo antes à mamãe: "o marido é seu, não é dela, nem da outra, cuide do que é nosso, a sua vida, a nossa casa, eu tenho medo disso tudo desabar". Mamãe soltou o meu braço e abriu a cortina de filó encarregada de separar a sala do outro ambiente, devassando a rede com Sabrina se embalando para um lado e outro, tomando impulso com o pé na parede, o vestido de alcinha na raiz das coxas, tecendo cachos no cabelo lá por dentro dela. Aproveitei o estouro dos olhares entre as três, abri a porta e saí correndo pelo meio da lama, ainda assim atingido pelos detritos da casa, a visão prejudicada pelo choro inesperado e uma espécie de bicho órfão rugindo-me na garganta, ao ponto de me emudecer contra o grito dos meninos ocupados em jogar estiletes no chão, riscando labirintos de linhas, suspendendo por um instante a brincadeira, acometidos pela minha passagem.

Meu pai morreu antes do final das chuvas de verão, e quando mamãe foi chamada a depor para dar sua versão da queda – houve quem a acusasse de tê-lo empurrado do telhado da casa, papai trocando as telhas quebradas, ao lado dela, corrigindo goteiras na cozinha e no quarto do casal – eu fui o primeiro a afirmar que ela não tinha nenhum motivo para cometer o crime, mamãe o amava com uma devoção quase sacra e muito feminina.

Quando voltei ao ateliê de madame Sarita Fuentes, ainda que meus cabelos não tivessem aumentado de volume no correr daqueles dias, pareciam de fato encorpados, voluteando ao ponto de dar a sensação de fluidez a todo o corpo, desde sempre leve. O mesmo zelador me anunciou pelo interfone e abriu a porta do elevador, acompanhando com os olhos, pela janelinha atrás das treliças de metal, nosso ascender lento.

"Fiquei satisfeita com seu telefonema, fez bem em voltar", madame esticou-me a mão de um jeito formal e eu a segurei, reconhecendo que suas unhas não cintilavam mais do que as minhas, o que também parece ter chamado sua atenção. Ela sustentou a ponta dos meus dedos por um instante, deixando escapar um risinho curto, quase malandro. Estávamos a sós na sala: "estão todas se divertindo por aí; aqui não dissociamos trabalho e divertimento, exceto os encargos do bom profissional, e disso você entende, eu sei". "Meu único trabalho até aqui foi assear os mortos", repeti o que havia dito à Alberta na leiteria. "Alberta me contou essa delicadeza, achei tão prosaico, mas esqueça; esqueça, inclusive, esse nome infantil, Toninha. Nesta casa você será Antônia Luna e aqui vai alcançar o plenilúnio", abriu os braços em direção às paredes, ondulando o corpo devagar, obrigando-me a desviar o olho até o pôster de Sarita Montiel e fixá-lo ali.

"Não temos tempo a perder", madame interrompeu o gesto e desfez a cena, como se atingida por um acorde rascante ou alguma expectativa alvissareira, retirando da arara de metal o cabide com um vestido longo de organza verde, distendendo-o à frente do meu corpo. "Parece ter sido feito para você", Alberta fez correr a estante sobre as rodinhas de ferro no outro lado, saiu lá de trás e entrou na sala.

Toninha agora está no quadrante esquerdo da sala espaçosa, de frente para o espelho que ocupa toda a extensão da porta do armário, ladeado por estas duas mulheres recém-conhecidas, e elas o tratam como se ele fosse outra pessoa, desconhecida de si própria. Na verdade não sabe a quem se dirigem essas duas, ávidas em convencê-lo de alguma coisa, qualquer talento, talvez uma aptidão ignorada por ele mesmo, portanto desconhece quem é, ou quem elas pensam que ele seja, embora reconheça a imagem no espelho por trás do vestido, está se vendo de corpo inteiro na porta do armário, parece bem. Decerto o confundem, não há dúvida. Ele não discrimina a figura com quem elas se relacionam desde a abordagem no bonde ou nesta mesma sala poucos dias atrás, a própria falsa intimidade, o embuste de se apossar outra vez de um destino indevido, está no roteiro errado, por mais que não descarte a personagem e reconheça uma fala ou outra solta por ali. Inspira fundo e tenta corresponder, mas ameaçado pela consciência da fraude a um passo de se repetir, afasta o vestido com um gesto de mão, desviando-se do espelho.

Alberta se aproxima com a atitude mecânica da vez anterior, tira a camisa dele de dentro da calça usando as duas mãos, abre todos os botões e a despe. Toninha não tem pelos no tórax estreito e os peitos são duas pequenas jabuticabas expelidas fora da estação. Madame vira as costas e cruza os braços. Alberta retorna com uma espécie de sutiã na mão, forrado por espuma suficiente para simular duas tigelas côncavas capazes de ocupar o lugar dos seios. Toninha segura o objeto, pressionando-o com delicadeza; é macio, confortável, fantasia, mas é bem real. Alberta o recupera e enlaça-lhe o tórax, atando os fechos nas costas sem nenhuma pressa, tentando configurar um rito quase maternal, porém não é de instintos que se trata aqui, tampouco afetos, a vida não passa de acontecimentos.

Toninha retoma a posição diante do espelho e sustenta com as mãos em garra as duas protuberâncias, constatando mais uma vez o reflexo adiante, agora tem peitos arredondados neste torso imberbe, nu, não seriam tigelas, são peras, pêssegos, dois sapotis. Ao se voltar, Sarita está segurando o vestido fora do cabide, entrega-o à Antônia Luna para que o vista, Antônia despe a calça, pendura-a no cabideiro e bota o vestido, à moda de quem desembainha uma espada muito tesa, certa do que faz. "Está um pouco largo na cintura, Antônia Luna é ainda mais esguia, veja Alberta", madame corrige o talhe, pressionando a folga do tecido entre os dedos da mão e aperta bem, está com a cabeça por trás dos ombros de Antônia, tentando harmonizar o corte da roupa no corpo à frente do espelho. "Pegue os alfinetes, Alberta, um colchete, a tesoura menor". Toninha assistiu à cena parecida numa matinê de domingo no cine Arte Palácio, só se recorda da presença de Nonô na poltrona ao lado, não localiza a fita na memória, ainda assim começa a se sentir à vontade no papel, embora sobreviva certo incômodo, não sabe se o cenário, o elenco, talvez a luz. Com certeza não o figurino; ajustado nos excessos, o vestido lhe cai bem, ela se vira de perfil e gira a cabeça por cima do ombro para apreciar a abertura posterior, a fenda desenha um imenso V no tecido, desnudando-lhe as costas, finalizando em ângulo reto pouco acima do quadril estreito, realçando-lhe o glúteo rijo. "Precisamos esconder as barbatanas e os fechos do sutiã", Alberta pontua; "para coisas assim existe madame Fuentes", Sarita arremata, sustentando dois alfinetes entre os lábios.

Antônia Luna fulgura na sala deste apartamento no sexto andar de um edifício no centro de São Paulo esta manhã. Não por qualquer tipo de elegância ou beleza física, mas por emitir a fúria que as moléculas são capazes de atingir quando estão em vias de arrebentar, a vida fecundando a si mesma, inflexível. Sarita escorre o dorso da mão pelo queixo de Antônia, apenas para se certificar de que abaixo dele não há nenhuma protuberância desnecessária, no máximo uma semente abortada, incapaz de comprometer o todo. Chama a atenção de Alberta sem ruídos. Alberta insinua um riso na boca, "o vestido é seu", e se recolhe. Toninha acaricia o tecido, talvez neste momento se sinta sobre os próprios pés, não lhe ocorre agradecer ou falar qualquer coisa, endireita os ombros e se move sem direção definida, passos curtos pela sala.

– Não pense que o presente seja nosso, Antônia Luna. Devo fazer os ajustes até amanhã. Volte depois de amanhã para a prova final. O próprio cavalheiro vai lhe entregar os adereços e rematar o figurino – madame foi saindo da sala, até desaparecer atrás da estante móvel. Toninha tira o vestido sem saber quem de fato era, mas sem se preocupar com isso dessa vez, as possibilidades parecem lhe pertencer, por que não aproveitar? Alberta exibe um semblante dado a flutuar entre a parceria das pessoas comuns e a leve superioridade de um titereiro sobre o seu cirquinho de marionetes.

Antônio José, Toninha desde a infância, desconhecia a posição das marionetes, sempre o operador, mesmo quando se dedicava a simular o contrário. Foi nesta condição que se despediu de Alberta economizando gestos, abriu a porta de saída e desceu pelo elevador. Mal olhou para o porteiro, ganhou a rua vibrando por dentro da carne, repetindo o trajeto que aos poucos se tornava comum. Em cinco minutos estava à frente da vitrine da joalheria: o conjunto de brincos e gargantilha de platina e brilhante permanecia em destaque. Reviu de memória o vestido em seu corpo, chegou a deslizar as mãos pelos flancos, ajustando a organza às modestas curvas da cintura. O tom metálico da joia acrescido ao brilho das pedras decerto comporia bem com o verde do tecido, sorriu para si mesma, toda dentro dela, é Antônia Luna, e cintila.

Ao entrar na pensão, vestido com a mesma roupa que saiu, não estava fácil para Toninha se desfazer da imagem do vestido e adequar o passo ao figurino anterior. Cruzou com a vedete no pátio, unhas longas e cílios postiços, breve sorriso de passagem. Avançou direto ao refeitório, poucos hóspedes almoçavam naquele momento, acometidos por improvável algazarra domiciliar. Surpreendeu-se com a presença de Francisco Pombo à mesa da mãe, apenas os dois na mesa de fundos, ao lado da abertura na parede por onde eram despachados os pratos da cozinha. Na ponta, um vaso de vidro solitário ocupado pelo botão de rosa vermelho-sangue. Violeta apontou a cadeira onde sentar, seu Pombo pediu um prato limpo para a garçonete, os talheres amontoados em uma travessa de alumínio sobre o aparador. Era a primeira vez que os três ficavam tão próximos desde a chegada à pensão, a atenção de Francisco Pombo toda voltada para ele de certa forma o explorava, quem sabe o quisesse reconhecer, talvez o interpretar, sem que nada sugerisse qualquer tipo de ameaça ou desconforto. Por um segundo o mundo pareceu se organizar, como se cada objeto retornasse à sua acomodação anterior, restaurando o sentido original.

Toninha esteve à beira de se integrar ao universo doméstico, beber a água filtrada na jarra limpa bem no centro da mesa, utilizar o guardanapo de tecido com as mãos, porém foi abalroado pela visão da pia a poucos passos dali, se intrometendo neste cenário particular. Levantou-se e caminhou ligeiro até ela, havia urgência em lavar as mãos, ansioso por se adequar à nova assepsia universal. Usou duas vezes o sabonete, esfregando uma palma contra a outra, depois o dorso, novamente as palmas, os punhos, molhou o rosto, a água vertendo em jatos da torneira chamou a atenção do proprietário, ele, lá da mesa, soergueu as sobrancelhas e levantou a cabeça, o olhar insistente, o garfo imobilizado à altura da boca, sem dizer palavra. Executado o asseio, enxugados rosto, punhos e mãos, Toninha retornou e se sentou à mesa, juntando os joelhos.

Depois de distribuir o feijão sobre o arroz no prato, percebeu, por intermédio de um olhar a princípio distraído, que a rosa no solitário era de plástico, acumulava poeira, e o vidro do vaso estava trincado em toda a extensão. Nos olhos da mãe, a mesma e recorrente iminência do bote; dentro da boca, os silêncios esgrimiam no escuro, ele os podia escutar enquanto tentava cortar o bife duro no prato. Francisco Pombo se levantou num impulso, afastando a cadeira com os pés, ao encontro do novo casal de hóspedes adentrando o refeitório, a calça folgada nos fundos, as sandálias arrastando o peso do corpo sobre o chão encardido. Violeta falou alguma coisa sobre oportunidades, passagem do tempo, segredos, obstáculos e proventos. A menina de gorro xadrez na segunda mesa à direita abriu um berreiro, levando o pai a prensar os seus braços, um em cada mão, e erguê-la do chão, sentando-a à força em cima da mesa, fazendo a garota berrar ainda mais alto. Aquilo provocou em Toninha uma sensação lastimável capaz de derrubar a porção do garfo, entretanto se manteve calado, a cabeça quase enfiada no prato, acometido pela certeza de que nada do que dissesse pareceria oportuno ou necessário. Violeta aumentou o tom de voz para se fazer ouvir, aproximando-se do filho e cuidando para não elevar a voz ao ponto de ser ouvida fora dali. Quando Toninha distinguiu mais uma vez as palavras segredo, sacrifício, cumplicidade, o-mundo-é-para-quem-sabe-viver-nele nas frases soltas da mãe, entendeu que sua presença ao lado dela já não fazia sentido, estava reduzido a um tamanho bem menor do que se sabia capaz de atingir em outros cenários, a trama do vestido se estruturou categórica diante de si. Pousou o garfo e descansou os cotovelos na mesa.

 A menina parou de chorar, Violeta deixou de dizer, porém era tarde demais. A questão posta nestas circunstâncias se mostrava frustrante, no fundo lamentável, afinal libertadora. Ao levantar da mesa, deixando os talheres cruzados sobre o prato, Toninha sabia-se outra vez só. E isto de certa forma conciliava o corpo da cidade com os seus pés. Ou o inverso: era o seu corpo quem se submetia aos pés da cidade. Estas duas possibilidades, aparentemente próximas e em tudo diversas, apontavam para destinos opostos. Ocorreu-lhe a frase de Nonô, após se acomodarem à mesa da Confeitaria Colombo, aludindo ao desassossego evidente no enteado desde a infância: "Dos atrevidos é o reino dos céus. E dos infernos."

Após os ajustes, o vestido entrou no corpo de Antônia Luna com suavidade, ondeando em sintonia com o molejo dos flancos. Ivete, recostada na mesa de costura, foi a primeira a se manifestar: "que beleza, Luna!". Alzira, com um copo na mão e uma chispa em cada olho, foi a primeira a se retirar, depois de acionar a estante móvel. Sarita e Alberta se entreolharam, outra vez cientes da qualidade do produto. Antônia Luna acompanhou o olhar e assentiu: ao olhar, não à intenção, até então indefinida. De tão compacto, o momento poderia ter se exaurido ali mesmo, desqualificando todo o resto do dia, se a quietude não fosse interrompida pelo som do interfone atendido por Alberta. Mal deu tempo de abrir a porta e ali estava ele, "Vitório Vitérbio!", Alberta o nomeou, e ele entrou na sala, buquê de margaridas na mão, sorriso na boca de lábios finos.

Toninha se voltou, levemente assustado, como se em vez de coberto por esta peça lhe descendo aos pés, fosse flagrado despido no quarto da antiga casa, investigando a geografia do corpo nem sempre familiar, conforme se tornara comum nos últimos tempos. Cruzou os braços contra o peito tentando proteger a nudez, atingindo, com o ato de aparência pueril, o romântico coração do homem que chega. Vitório pareceu se agradar de imediato. Moveu os lábios numa espécie de exultação e acabou de entrar. Coração romântico, flores na mão, o homem estaria equipado, caso Toninha mantivesse o interesse neste tipo de virtude por mais de quinze segundos. Antes de se dirigir a qualquer pessoa, o visitante entregou as margaridas para Sarita, depois de lhe beijar as mãos, seguido de um rápido galanteio. Ela as deixou ainda embrulhadas no plástico sobre a mesa, voltando-se para Antônia Luna, ansiosa para vê-la florescer. Antônia estava na ponta dos pés quando ele chegou, simulando calçar a sandália adequada ao figurino, mas agora, como se ignorasse a investida de Sarita e a expectativa do recém-chegado, se dirigia ao biombo chinês, de pés no chão, atrás do qual se trocaria sem demora.

– Para que a pressa? – Vitório alcançou o seu braço, ciente do susto que causara, levando a mão ao bolso interno do paletó e de lá tirou a caixa de veludo preto, exibindo-a a sua frente. O ímpeto foi de arrancar o objeto da mão dele, entretanto Toninha se conteve, abriu a mão em palma – habituara-se a isso – aguardando que o outro retomasse o que tinha começado a fazer. Ele não se fez esperar, alongou o braço, distendeu novamente os lábios numa espécie de sorriso, acomodou o presente, para isso estava ali. Ao abrir a caixa de veludo, Toninha se deparou com o conjunto de brincos e gargantilha exposto na vitrine da joalheria não muito longe.

Ainda não foi Antônia Luna quem esbugalhou os olhos e abriu a boca numa alegoria informe, misto de decomposição física e alumbramento. Antônia Luna só veio à cena quando madame, retirando-o da gaveta, aproximou o espelho oval do seu colo e orelhas, deslizando-o em torno das joias, à maneira de quem fecha o *close* de uma câmera buscando realçar detalhes do cenário que se quer esmiuçar. Antônia voltou os olhos para Vitório, baixando-os em seguida, na tentativa de disfarçar a perturbação que a acometia, temendo comprometer o futuro com arroubos inoportunos, certamente prematuros. Mas é um comportamento falso este de Antônia Luna, não há exatidão nem espontaneidade em nenhum dos maneirismos cogitados, ela chega a se constranger, por não desconhecer o que sente e cala, começa a se mover pela sala, um figurante conduzido ao centro do palco sem saber o que deve apresentar naquela marcação, ainda assim considerei prudente me manter calada, poucas vezes senti falta de palavras na boca, mas agora de fato emudecera, com o agravante de não poder substituí-las por atitudes, na sala não havia ninguém com quem eu me sentisse à vontade para expressar uma alegria irreprimível. Por irreprimível, não atendi à insinuação de Antônia Luna para abandonar o palco e devolver o presente, insistindo em um falso recato; ao contrário, permaneci com as joias o tempo de degustá-las com a polpa dos dedos, retirando-as apenas quando Alberta abriu a passagem para as acomodações atrás da estante, juntando minha mão à de Vitório Vitérbio, sugerindo que nos dirigíssemos para lá, tornando tudo real. Aí, sim, retirei primeiro os brincos, que eu fingia pendurar nas orelhas sem furo, depois o colar, e os devolvi ao visitante, encarando-o no miolo dos olhos, duas turmalinas azuis dignas das outras peças de volta às suas mãos, intuindo que se negaria a recebê-las. Não deu outra. Ele as reteve apenas o tempo de abrir a minha mão e acomodá-las de novo ali, pressionando meus dedos sobre as peças, "se não forem suas não serão de mais ninguém". O amor é um porto para todas as embarcações. Eu não saberia distinguir a natureza desta embarcação, portanto devolvi as joias para a caixa de veludo de onde saíram, botei-me atrás do biombo, tirei o vestido, vesti o conjunto de calça e camisa com o qual havia chegado, dobrei e acondicionei o vestido na caixa de papelão forrada com papel de seda, acrescentei a caixinha de veludo com as joias, agradeci a todos sem qualquer aproximação física, mantive a caixa comigo, abri a porta, esperei o elevador e desci. Todos se mantiveram no mesmo silêncio de água.

Becos e avenidas ecoavam o agito das ruas percutindo passos na calçada, o ronco dos lotações, gritos de ambulantes, fogos de artifício no céu da cidade. Na vitrine da joalheria, dois relógios sobrepostos e um par de abotoaduras de ouro ocupavam o lugar das joias acomodadas na caixa prensada, ora em meu abdômen, ora no tórax, protegida de uma ofensiva qualquer. Eu compreendera o negócio de madame Sarita e a participação de Alberta, a abordagem no bonde, a expectativa quanto a minha inserção no ateliê, como se vários tipos de homens estivessem à espera do meu corpo e precisassem de sua intermediação; só não estava certo da adequação à oficina, exatamente por intuir a mecânica operacional. Eu havia entendido, nas poucas vezes que ajudei Alípio Alma no armazém, que não me saía bem no papel de funcionário, sou dado a trabalhar por conta própria, e quando o fizesse de modo profissional, repetiria o princípio adotado no asseio dos mortos a partir do momento em que mamãe me transferiu o ofício: eu seria o único patrão; o outro, submetido aos meus cuidados, imóvel, passivo, e só. Percebi que Sarita excluiria de mim essa identidade, e o faria sem saber que, me privando dela, não restaria outra capaz de servir ao seu negócio, não funciono sob demanda. Meu único interesse nessa troca de agradinhos – os escambos – sempre foi atender aos pequenos caprichos do dia a dia, miudezas, desde as queijadinhas de coco da infância à brincadeira do cabo de guerra com os moleques da rua depois que eu cresci, apenas para esperar o momento de soltar a corda do meu lado antes que eles fizessem o mesmo do lado de lá, para vê-los se estatelar no chão. Nunca fui a mais forte, ainda assim jamais me deixei surpreender.

Decidi que não voltaria ao apartamento. O tal Vitório não me parecia de todo mau, porém já chegava contaminando nossa provável diversão, me privando do percurso sem o qual não me interessariam as recompensas da chegada. Os homens da cidade grande talvez negligenciem os aspectos mais rústicos de sua natureza. O tal admirador, para usar a expressão de madame, os representa bem, portanto acredita que eu vá me valer de seus pés para me locomover pela capital. Desconhece que eu já tinha um passado e abandonara outra cidade, ainda que minúscula diante desta, onde só me valia dos próprios pés para caminhar, tendo capturado os homens pelos quais me deixei escolher, e os mantido presos pelos colhões. Antônia Luna avança pelas calçadas do centro, selecionando ruas a esmo, tentando se deslocar em direção à Luz, ciente de que só se ganha uma cidade desconhecida se nos deixarmos, antes, perder por ela. Sem ter conhecimento do real valor das joias, aperta a caixa contra o peito, do jeito de quem tenta proteger o ouro que se julga possuir, tomada por uma euforia física. Não imagina de onde vêm e para onde vão tantas pessoas circulando sozinhas ou acompanhadas, sem se ressentir por nenhum momento de sua própria solidão. Aprendeu que muita gente junta nunca serviu de companhia a ninguém: "quem anda aos bandos sempre vai sozinho", Nonô gostava de repetir as expressões de sua mãe de leite, a parteira que o amamentou, substituindo o peito estéril da mãe de sangue, no interior do Paraná.

O cartaz do cinema na Avenida São João exibe Audrey Hepburn de vestido preto, piteira na boca e luvas acima dos cotovelos, estrelando *Bonequinha de luxo*; ela interrompe a caminhada para olhar. Conhece a atriz das revistas, mas não assistiu ao filme, o Arte Palácio não consegue acompanhar a programação da capital. Vira-se, e a expressão do homem ao seu lado traduz o mesmo encantamento diante do cartaz, ela quase o cumprimenta e cede um comentário, está tão à vontade, a tarde é calma no saguão do cinema sob a luz azul e laranja da marquise, um recuo recatado da avenida. Sem parecer notá-la, ele apaga o cigarro e se dirige à bilheteria, bengala em punho e chapéu, "um moço velho", Antônia Luna conclui, porque não está habituada a bengala como adereço, apenas ferramenta da velhice, todos os homens sempre deixam alguma impressão ao passar. Ela também entraria para assistir à fita, porém agora tem pressa de chegar à pensão, precisa guardar a caixa com as joias e o vestido em lugar seguro. Brando tira o chapéu da cabeça para cumprimentar o porteiro antes de entregar o bilhete, o velho Sebastião, nunca esteve com ele fora dali, estão habituados aos encontros na catraca do cinema, Brando é um frequentador regular, Sebastião trabalha na portaria há anos, desde que abandonou a lanterninha da sala de projeção, afetado pela catarata.

Antônia Luna segue, mais tarde vai se dar conta dos ardis da capital, vão lhe doer os ossos e a alma, mas por enquanto só tem fôlego para as novidades, decide entrar na lanchonete no Largo do Paissandu, bateu a fome, senta à mesa mais próxima da porta de vidro e pede um bauru com Coca-Cola e gelo no copo, a caixa com os pertences bem à vista em cima da mesa, evitando correr o risco de esquecer, ela pensa novamente em Nonô, atingida por uma vitalidade imune a qualquer natureza finita e mortal.

Quando sai da lanchonete é quase noite. Hesita entre pegar o bonde ou seguir a pé, dirige-se ao ponto, confirma a direção a seguir, não está perto, e agora um cansaço, sobe no segundo bonde lotado, se esforçando para enxergar através do vidro as ruas e os luminosos, tudo se acende e pulsa do lado de fora, aqui dentro também se assanha, ela salta para a tela do cinemascope, o bonde é esta bailarina se movendo sobre trilhos de neon e metal.

Desce no ponto a poucas quadras da pensão, caminha pela calçada toda voltada para si, agora uma colegial de uniforme ao final da jornada escolar, a pilha de livros e cadernos abraçada ao peito, em vez desta caixa de presente oferecida pelo homem desconhecido. A verdade é que os homens da capital não diferem dos homens do interior em sua fragilidade, talvez apenas quanto à natureza da armadura dentro da qual procuram se esconder, Toninha apressa o passo apertando com força os livros, não, a caixa de presentes, às vezes passando-a de uma mão para a outra, mamãe não faz ideia dos apelos da cidade, não retribui os acenos, sequer os percebe, apartada do mundo externo por um material isolante qualquer.

Ao despertar, no início da noite do domingo, Brando se recusa a permanecer de olhos abertos e assumir a vigília, a noite já se instalou por aqui, mas parece insipiente, ele não vai desadormecer. *Flashes* das luzes de fora incidem no apartamento quase às escuras, desenhando riscas de luz, aludindo talvez às tiras de seda espalhadas pelo salão de baile onde estivera há pouco, antes de ser despertado pelos movimentos de Callas arranhando o travesseiro. Ele puxa a gata para si e a mantém sobre o peito tentando imobilizá-la, fechando os olhos no esforço de retomar o baile de máscaras no castelo de Sissi, de onde acabara de chegar. Logo retorna ao salão encharcado de vermelho, ele tenta apreender o devaneio, detendo-se a um canto do salão com a gata entre os braços, a fim de contemplar outra vez. Da abóbada despencam lustres de cristal distribuindo prismas sobre o piso de mármore, destacando as cenas do Kama Sutra restauradas pelo artista indiano que se locomove nu sobre o elefante, soltando fumaça do narguilé, 'é ópio', Brando identifica o aroma, insufla as narinas e tenta comunicar à Celina do outro lado do salão abanando-se com um leque de penas de avestruz, mas ela não se volta, parece amuada, postou-se ao lado de uma coluna de sustentação e de lá não sai. As poltronas estão circundadas por arranjos de tulipas holandesas e flores de cerejeira japonesas, ele as pode distinguir, não porque as identifique de pronto, mas porque são anunciadas pela voz de alguém que não se vê, mas está em toda parte, então segue, tem a sensação de que os olhos se projetaram das órbitas, são duas lanternas flutuantes, a gata desapareceu. Sobre as mesas espalhadas pelo salão, toalhas bordadas na ilha da Madeira, a mesma voz esclarece, dessa vez se valendo de um sotaque português, ele vasculha o ambiente na esperança de encontrar a avó portuguesa, em vão, ela não está, ele não consegue inseri-la na cena, embora identifique sobre cada mesa miniaturas do brasão da família com as inicias AC envolvendo os guardanapos de linho assinados pela anfitriã. Assim, não se está no castelo de Sissi, mas na propriedade da própria Antônia Cibele até o momento ausente do salão, sente o coração disparar, e mesmo as pernas agora exigem movimento, o lusco-fusco entre sono e vigília lhe permite roteirizar a vivência onírica surpreendentemente real, Brando se comporta como se anotasse o sonho no momento em que ele se dá. Distribuídos pelos ambientes, cisnes de cristal estão repletos de ostras da Cananéia e do Pacífico Sul sobrenadando em gelo, aproxima-se para pegar uma ostra, mas ela se desmancha antes de chegar à boca, ou é alguém que esbarra em sua mão, a fazendo cair, a orquestra entoa Debussy, reconhece aos primeiros acordes o Concerto para harpa e flauta, os convidados começam a chegar, abriu-se a porta de jacarandá ao final da galeria contígua ao salão: Hemingway, de copo na mão, está elegante em suas calças bombachas de veludo azul, camisa branca com babados superpostos e punhos de renda. No bigode foi salpicada purpurina suficiente para fazê-lo explodir em azul e prata, cobrindo todo o lábio superior, Brando extasia-se com a própria criação, o casaco é de veludo austero, a temperatura subiu essa noite, por isso Hemingway pede para ajustar o ar-condicionado à roupa, a voz tonitruante de Ernest Hemingway diante de si. Camus o acompanha, portando uma cartola de cone alto que só pode pertencer a Carlitos equilibrando-se sobre o arame estendido de um lado a outro do salão, segurando a sombrinha esquecida por Clotilde no apartamento quando esteve lá pela última vez. À entrada do castelo, todos são recebidos pelo mordomo, súbito é ele próprio quem está na função, cinquenta anos mais jovem, vestindo uma espécie de tapa-sexo, folhas de pau-brasil tatuadas pelo corpo desde os ombros até os tornozelos, os pés dentro de uma sandália tecida em corda subindo-lhe pelas pernas até os joelhos; Jonas, disfarçado de Hercule Poirot, o detetive de Agatha Christie, vem tomando chegada, se esgueirando pelas paredes, escondendo-se atrás das colunas às margens do salão, e de lá projeta e recolhe a cabeça no ritmo dos acordes musicais, Brando aqui se detém, divertindo-se com a prática do neto detetive, o violino se sobrepõe às harpas, agora uma guitarra, Jonas interpreta este compasso ondulando o corpo de um jeito que o assemelha a um Michael Jackson da monarquia. Após a entrada de Maria Callas a bordo de sua liteira, a orquestra entoa Gato Barbieri com a trilha de *O último tango em Paris*, todos se voltam para a entrada do salão, Antônia Cibele chegou, está deslumbrante e caminha devagar, enquanto fogos de artifício pipocam no jardim, um rumor caloroso se levanta à sua passagem, a seda do vestido veio da criação de bicho-da-seda do marajá Shijan, a voz esclarece munida do microfone, Brando não desgruda os olhos, mal respira, a gata prensada contra o tórax tenta se desvencilhar, a cintura e os peitos de Antônia vêm modelados pelo espartilho de veludo cingido por pequenos botões de esmeralda, está tudo à vista, os olhos de Brando se projetaram do corpo e o antecedem, ele não os desviaria da aparição, não fosse a interferência de Callas de mau humor, aparenta miar, se desvencilha dos braços em torno dela, salta no chão e se volta para ele, ainda enfezada, Brando abre os olhos que se impuseram à revelia de sua vontade, ou a vontade já fosse mesmo esta, atender ao chamado da gata e retornar à insipidez confortável da vida real, sentou na cama, ainda tonto, antes de despertar por completo.

A ereção durou menos de dois minutos, o tempo de Brando se comprazer com a mecânica do corpo, acariciando superficialmente o abdômen, sem lançar mão de qualquer prática que não os cuidados com Callas postada no chão ao lado da cama olhando para ele, obrigando-o a se levantar sem maiores rituais, a gata não estava para conversa, tampouco o deixou em paz enquanto não o viu ligar a luminária, em seguida a luz da sala, a cozinha, até se agachar para lhe servir o jantar. Depois de esquentar o copo de leite no micro-ondas, Brando senta-se à mesa da cozinha, corta uma fatia do pudim e se serve, ainda perseguindo o aroma do narguilé, não ignora os efeitos narcóticos dos opiáceos, quem sabe seja o caso de cultivar papoulas ao lado do manjericão na janela e a salsinha, o pimentão vermelho, hortelã, só agora se dá conta do bilhete de Jonas em cima da Marguerite Duras: "menino levado, é?"; "você ainda não viu nada, meu rapaz", acha graça de si e do neto, Hercule Poirot, de onde saiu com essa?, a voz de Jonas ainda segue o traçado irregular dos eletrocardiogramas, porém ganha corpo a cada vez que o encontra, dobra o papel e o deixa dentro do livro.

Sentindo-se disposto, considera descer à rua, subir até a *Love and Flowers* e conversar com as meninas, experimentar a torta de abacaxi, a imagem do salão de há pouco o remete à iluminação quase sempre fosca que elas cultivam por lá, a Maninha não dispensa um Roberto Carlos de fundo sempre que ele chega. Ela insiste em associá-lo a este gênero de nobreza, o único ao qual tem acesso em sua vida distante de livros, salões de baile, cinemas de arte, papoulas e perfume legitimamente francês. Ele se apieda dessas carências de um jeito que, antes de lhe provocar desprezo, o convocam ao abraço solidário de quem partilha a mesma e irrevogável miséria. Com a desvantagem, para ele, de tê-la consciente, enquanto elas são capazes de sobreviver à falta com o sorriso na boca e uma mão estendida, por ignorar a que não têm acesso, isentas de qualquer parte anímica que as pudesse humanizar. Humanizar? Brando então duvida do termo e se levanta da cadeira, Callas em sua natureza felina, as meninas todas humanas, o manjericão vegetal, tudo à sua ordem primeira, todos salvos, apenas ele permanece se movendo por este vácuo, onde só é capaz de reconhecer-se humano quando submetido a circunstâncias que o fazem se admitir animal.

Decide não sair, caminha até a janela fechada, dando-se conta de que a deixara aberta antes de deitar, portanto Jonas e as delicadezas responsáveis pela boa estada em um apartamento de escassos metros quadrados, quando se acabou de abandonar um castelo de dimensões excepcionais. Envia para ele uma mensagem pelo celular: 'Meninos comportados vão para o céu. Meninos levados vão para toda parte, esqueceu? Amo você, meu neto (mal, e ainda bem) comportado'. Abre a janela apenas para aspirar a respiração da noite, voltando a fechá-la pouco depois, esfriou ou é a pele que está sensível até a mudanças brandas de temperatura. Cogita abrir o computador, mas o cansaço do dia o abateu, e Callas já o espera, de novo em cima do travesseiro depois de arremessar ao chão com o rebuliço das patas a casa assassinada do Lúcio Cardoso, ali ele vem tentando entrar outra vez desde a sexta-feira passada quando retirou o livro da estante para reler, essa porta não se abre sem o devido esforço.

Desliga a luminária, enfia-se embaixo das cobertas – a gata permanece na superfície – na esperança de deslizar mais uma vez para o continente abissal.

Toninha guardou a caixa no fundo da mala assentada sobre a cadeira de lascas de couro gasto, abrindo-a apenas quando estava só. Mostraria à mãe, se não a visse tão pouco nos últimos dias, e sempre com pressa, a vida corre a passos de lebre por aqui, mamãe se infiltrou na engrenagem que mantém ativo o motor da cidade. Violeta estava ajudando na cozinha, a pedido de Francisco Pombo, auxiliando o cozinheiro à beira de se aposentar, lavando panelas, pratos e os azulejos diante da pia, tomando intimidade com o serviço antes de assumir o comando. No quarto dele passava metade das noites, espremidos na cama de campanha, motivo dos últimos comentários: "está na hora desse teu filho, ou tua filha, sei lá, tomar o rumo da vida dele, que eu quero voltar para minha cama de casal e te levar comigo". Violeta passou adiante o recado, parecendo concordar com ele, "você já é dona do seu destino", Toninha pediu para ela repetir, e ela repetiu, "dona", e ele não sabe se era caso de engolir ou vomitar, porque, embora eu esperasse que mamãe aceitasse a minha natureza sem rodeios, o comentário naquela situação dizia mais respeito aos seus interesses do que a qualquer demonstração de amparo. Em vez de acolhimento, me senti entrave aos novos planos, disse isso de alguma forma, estávamos deitados no escuro, lado a lado, olhando para o teto do quarto sem o ver, ela tinha entrado há pouco sem fazer barulho, mas eu a esperava acordado, apenas para vê-la chegar pé ante pé, talvez olhar-me por um segundo e desviar a cara depois, evitando qualquer contato àquela hora. Agora que as palavras foram ditas, elas permanecerão saltitando entre nós, mamãe se apossou das que encontrou pela frente e começou a usá-las sem qualquer cuidado, precisava se livrar delas, e as foi despejando aos esguichos.

– Daqui a pouco faz um mês que estamos aqui, e não vejo você voltar da rua com um tostão no bolso, ou tomar qualquer providência para nos mantermos na cidade.

– Ainda temos o dinheiro do Alípio Alma – ousei dizer o nome dele naquela situação, sabendo que trazia este laço para o quarto escuro, última tentativa de manter o nó ou desfazê-lo a dois, como acontecia com a trouxa de roupas para lavar, o nó cego que dona Iolanda insistia em atar e fazia parte das minhas obrigações desfazer. Eu não me referia ao dinheiro em si, mas à vivência comum, sem saber o que ela conhecia da história, ansioso por saber e temendo por isso, agora era minha vez de me apoderar das palavras soltas para ver aonde juntas a gente ia chegar.

– Teria sido mais honesto mandar uma fotografia sua com ele para Azula, afinal você é mais jovem e mais bonita do que eu.

Então ela sabia, talvez tivesse descoberto no primeiro dia, na cozinha, talvez tenha percebido o meu olhar de astúcia, e devolvido a mim esse olhar, quem sabe fosse ela a me perceber em toda a minha pequena extensão. Pensei em perguntar se tinha acontecido dessa forma, por que fez silêncio durante todo o tempo, mas mamãe se virou de costas e se calou, agora vazia de palavras, me permitindo sentir a amplitude de sua respiração no contato das costas com meu braço estirado ao longo da cama.

Acendi o abajur e fiquei de pé. Dei dois passos até a mala e tirei a caixa com o vestido e as joias. "Mãe", eu disse, e ela se virou aos poucos, quase aborrecida. Deixei o vestido dentro da caixa e mostrei os brincos e o colar. Ela franziu a testa, apertou os olhos e se sentou, recostou-se na cabeceira da cama e estendeu a mão. Pegou as três peças, uma de cada vez, detendo-se em cada uma, examinando, sentindo o peso, sacudindo-as com a mão em concha, "são de verdade?", perguntou e eu sorri. Abri o fecho e coloquei o colar em seu pescoço; ela mesma se encarregou de botar os brincos nas orelhas furadas, ajustando-os sem dificuldade. Levantou, acendeu a luz e foi se olhar no espelho largado ao lado da pia. "Fica pra senhora", eu disse, enquanto ela deslizava a mão aberta pela gargantilha, a cabeça meio inclinada para o ombro, tentando se encaixar na pequena moldura do espelho, revelando, para minha surpresa, alguma beleza distante. Permaneci olhando para ela, encostado no beiral da porta, somos duas meninas às voltas com espelhos, segredinhos e esperas, ela continuou se encarando, movendo a cabeça para um lado e outro devagar, depois tirou a gargantilha, os brincos, colocou tudo na caixa e a guardou junto com o espelho na gaveta da mesinha de cabeceira: "Amanhã eu vou penhorar, vamos dormir". Deitei-me de novo ao seu lado, com a responsabilidade do mundo sobre os ombros, sem, contudo, peso algum.

Chegamos à Caixa Econômica Federal antes das dez da manhã. Saímos meia hora depois, com mamãe arremessando as joias falsas na lataria do ônibus passando em frente ao banco, no mais indignado silêncio, em contraste com os ruídos da cidade e o meu alvoroço por dentro da pele. Seguimos calados até a pensão, mamãe não se voltou para mim nenhuma vez, sempre em frente, à moda de quem segue um comando imperceptível para quem não está subordinado a ele. Na pensão, atravessou o pátio e foi direto para a cozinha sem cumprimentar ninguém. Quando, pouco depois, enfiei a cabeça no buraco da parede por onde servem as refeições, ela ajustava a touca e o avental. "Minha mala desapareceu do quarto", eu estava surpreso, "Francisco voltou para o quarto dele. Tua mala está no quartinho que ele ocupou por nossa causa. Ele te cede por uma semana, enquanto você arruma algum lugar para morar".

Recolhi a cabeça e fiquei imóvel por um tempo curto, de pé, antes de tomar o rumo do quarto próximo à cozinha onde estava a mala. Minhas coisas todas enfiadas dentro, só tive que fechar a trinca, segurar a alça e sair. Essa parte dos fundos da casa se ligava à rua por uma passagem lateral, não precisei caminhar pelo interior da pensão, segui ouvindo de fora o cacarejar dos hóspedes e os poucos funcionários.

A rua estava inesperadamente sombria, eu não havia reparado na monotonia das fachadas, a maioria cinza, ao redor. Os bondes, que há pouco deslizavam, agora trovejavam sobre os trilhos, vapores de combustíveis poluíam a manhã, britadeiras zuniam cavoucando a calçada. Um pedinte exibindo a ferida da perna estendeu a mão, eu nunca o tinha visto, levei a mão ao nariz enquanto corria o pensamento pela bolsa de pano dentro da mala, ali o dinheiro que restara ao fim daqueles dias de cinema, cosméticos, condução e Coca-Cola. Não era muito: Alípio Alma não era tão generoso; eu não fui exigente o bastante. Pessoas transbordavam das calçadas, mas era como se não houvesse ninguém, o motorista do carro de aluguel acomodava as duas malas da vedete no bagageiro de cima, cada qual a seu negócio, ninguém parecia me ver ou dar por mim pela cidade, e esse vai e vem impessoal, a fumaça dos veículos, a imagem da ferida exposta na perna rodeada de mosquitos, a vedete dando adeus pela janela do carro me convertiam numa espécie de arcanjo expulso do paraíso e estranho ao inferno, a cidade transmutada num limbo por onde eu transitava sem sentido ou função.

Cheguei ao ateliê de madame Sarita depois de muitos dias sem nenhum contato, com a cabeça baixa dessa vez. A agitação das meninas traduzia o mal-estar de há pouco: uma vistoria de surpresa flagrou duas delas desfilando sem a parte de baixo da *lingerie*, para deleite de dois fazendeiros de São José do Rio Preto aboletados no sofá. A morena de cabelos pelo meio das costas foi encarregada de pagar ao fiscal com os recursos físicos. O que não impediu a estilista e os dois cavalheiros de completar o orçamento com dinheiro em espécie. Ao final do expediente, os três homens desceram juntos, trocando impressões, gracejos e cartões de visita desde o corredor. Minha chegada se encarregava de desviar o assunto para o lado de cá. "A coisa continua animada por aqui", Ivete riu um riso debochado e foi se retirando junto com as outras, gingando num compasso preguiçoso. "Quem é vivo sempre desaparece", madame se aproximou jogando fumaça de uma piteira de osso e tirou a mala de minha mão. "Alberta!", alongou o braço em direção a ela e me deu o outro braço, nos fazendo sentar no sofá, reparei que as samambaias haviam sido podadas; "ingrata", ela gemeu, deslizando a mão pelo meu rosto, feito quem, rejeitada e ofendida, repreende uma criança cruel.

"Não precisa nem me dizer o que aconteceu, o bom filho a casa torna", eu desconhecia o apreço de madame por estes clichês, mas ela lançava mão deles pela segunda vez em poucos minutos. "As joias eram falsas", chegou a minha vez de me queixar e fazer muxoxo, "você achou que poderia degustar a sobremesa passando por cima do prato principal?", o tom da conversa se dirigia para a lavagem de roupa entre uma mãe falsamente amorosa e sua filha cinicamente ofendida, o que me fez encerrar o assunto por ali. Tentei levantar, porém ela me segurou pelo braço: "você veio para ficar?", eu poderia dizer que nunca venho para ficar, em vez disso achei por bem não abrir a boca, balancei a cabeça buscando agitar o cabelo, à maneira não de quem responde, mas de quem usa o gestual para se manter sem voz e ainda assim comunicar qualquer coisa.

"Alberta, providencie o quarto de hóspedes para Antônia Luna, ela é nossa convidada", Alberta foi até a porta que dava para a parte íntima do apartamento, "mas, antes, avise o senhor Vitório que a cabrita montanhesa está de volta", acrescentou: "e com saudade", piscou o olho para mim, fazendo-me sentir não uma cabrita montanhesa, talvez um pardal abatido enquanto taxiava no solo se preparando para arrancar em voo.

Mantive-me na defensiva, deixando-me acompanhar pelo olhar congelado de Sarita Montiel voltado para a sala naquele momento de aproximação e recuo.

Ele não veio naquela tarde, o Vitório Vitérbio, nem no dia seguinte ou no terceiro, sequer no quarto, alimentando a expectativa quanto ao seu retorno. Bem acomodada no ateliê, Antônia não estava autorizada a sair à rua. Não se tratava de interdição formal, mas prudência, ponderações de uma voz experiente, a voz de Sarita Fuentes, de cuja elocução havia desaparecido por completo o sotaque espanhol. No primeiro dia Alberta chegou cedo ao apartamento com os mantimentos do café da manhã, "a joalheria ainda não abriu", disse assim do nada, enquanto se servia do queijo de cabra raramente encontrado no mercado, mas em oferta na mercearia do outro lado do viaduto do Chá. Ofereceu uma fatia para Antônia, "Você caiu nas graças de Sarita. Vitório reparou em você desde o primeiro dia, quando passamos pela frente da loja, você nem notou", acrescentou café ao leite na xícara e a estendeu à Antônia Luna, ocupada em prender o cabelo numa tentativa de coque, distraída, tentando acomodar o pequeno cacho insubmisso à varredura do pente.

    Toninha não tinha notado mesmo, havia se atido às joias na vitrine ao retornar sozinho, chegou a sorrir aquele cumprimento íntimo que não se dirige a nenhum destinatário, apenas ele e a vitrine, seu próprio corpo ainda não adquirira endereço definido, portanto a mesma experiência do prazer intransferível. Sem se mover de lá, Vitório acompanhara da cadeira do caixa aquele encantamento pela terceira vez na última semana, considerando-se a mesma cena presenciada no começo da manhã, pouco depois de abrir a loja, quando Toninha e Alberta passaram pela calçada.

Vitório Vitérbio faz parte da terceira geração destes joalheiros italianos radicados na cidade, embora hoje poucos se dirijam a ele usando o carcamano com o qual alcunharam muitos dos que o antecederam no negócio de família. São duas lojas na capital e uma terceira no interior. Esta matriz no centro e uma menor, oficina de ourivesaria e consertos, numa discreta vila de Santana, quase na divisa com o Jardim São Paulo. O irmão mais novo é quem gerencia aquela lá. O primogênito prefere o endereço aqui, primeiro porque é a loja mais importante da firma, depois pela proximidade com a oficina de costura, da qual é cliente desde que foi levado pelo pai na véspera do seu aniversário de dezessete anos. Madame tomou conhecimento, logo nos primeiros contatos, das preferências um tanto irreverentes do rapaz, não medindo esforços para corresponder à abrangência dos seus desejos. Na filial de Santana, além dos serviços de manutenção oferecidos aos clientes, se confeccionam cópias das joias verdadeiras, quando necessário. Este procedimento tanto pode ser solicitado pela clientela por motivo de segurança, quanto se presta a atender interesses pessoais do tipo atrair a caça, recorrendo ao apelo infalível do brilho fácil.

Vitório é um caçador meticuloso e contumaz, quase um dândi do amor; à parte isso, não é nada confiável quando se trata de negócios extraoficiais. Sarita Fuentes não usou subterfúgios para colocar Antônia Luna a par do seu ofício. Havia, sim, um especial apreço pelo universo da moda, adquirido no período em que esteve casada com um importante comerciante de tecidos, socioproprietário da tecelagem Vigo, com sede em um antigo casarão do Brás. Pressionada pela necessidade de momento, Antônia não estava em condições de manifestar prurido de nenhuma natureza, tampouco fazer qualquer indagação capaz de sugerir alguma ideia contrária ao que estava sendo dito; escutou calada do início ao fim. Ao tomar conhecimento do estado de penúria da empresa, em função do desfalque efetuado pelo sócio de maneira intermitente, Juanito Fuentes não apenas o abateu com um tiro na cabeça, como estourou os próprios miolos, deixando a viúva desolada, falida e furiosa. Mas com uma caderneta de contatos bastante razoável, recheada de nomes masculinos de vários cantos do país, para quem a tecelagem fornecia matéria-prima da melhor qualidade. Restava à Sarita alterar a natureza do artigo, mantendo a integridade do produto original; não havia tempo a perder, mas demandas a acudir, repórteres a evitar, oficiais de justiça, além da pouca tolerância por parte dos credores ávidos por algum tipo de solução. A viúva afinal reagiu, levantou-se da cama e arregaçou as mangas do penhoar. Decidida a estratégia, encarregou-se da operação. Inicialmente, acionou os outros herdeiros, constituiu advogados, reuniu os credores, estabeleceu um cronograma para o pagamento das dívidas e leiloou a fábrica. A parte que lhe coube foi satisfatória para se manter na confortável casa dos Campos Elíseos, entre árvores frutíferas e a velha araucária de copa circular, quase uma taça de folhas sobressaindo-se no quadrante posterior do terreno. Ali, chegou a atender os primeiros usuários do novo projeto, abrindo os cômodos à visitação, disponibilizando-os para uso dos clientes preferenciais praticamente sem reservas. O tempo se encarregou de minimizar a mágoa pela atitude pouco recomendável do marido. A mágoa teve razão de ser: não fosse a capacidade criativa e laboral de Sarita, tamanho descontrole a teria deixado em maus lençóis, a despeito dos milhares de fios do algodão egípcio sob os quais se enfiou no primeiro momento. Isolada do mundo, não queria ver ninguém, nem ouvir voz humana, girando em torno do próprio eixo desarticulado. A mobilidade do tempo, felizmente, executou o seu papel; não demorou muito, lá estava Sarita movimentando as pernas pela casa outra vez, dando ordens ao único funcionário remanescente, atendendo ao telefone, recebendo no gabinete ao lado da sala de estar. Macular os cômodos da residência onde tinha vivido aqueles anos de fausto, aliado a certa aura de felicidade, talvez configurasse pena excessiva para a infração cometida pelo proprietário até ali compassivo e generoso. Foi quando decidiu revitalizar o imóvel da Líbero Badaró, no momento sem função por conta da expansão da firma para a região leste da cidade. Com a transferência, permaneceu na propriedade antes ocupada pelo casal e os cinco funcionários, na companhia de quatro cães da raça pequenês, revezando-se entre os cômodos

dos novecentos metros quadrados, na tentativa de ocupar a casa em toda a extensão, justificando a manutenção do pequeno latifúndio urbano. Depois, acometida pela solidão inerente às viúvas de meia-idade, passou a convocar Alberta Miranda, secretária executiva da tecelagem, para pernoitar em casa, após as atividades laborais no ateliê. O ateliê, convertido em apêndice artesanal da empresa matriz, se desenvolveu com surpreendente rapidez, obrigando Sarita Fuentes a oferecer um cargo de confiança para a antiga secretária, considerando que, embora talentosa para as questões administrativas e operacionais, Sarita demonstrara pouca aptidão para o gerenciamento dos recursos humanos, matéria na qual a outra transitava com empatia e senso de oportunidade.

A primeira decisão foi selecionar a clientela, evitando sucumbir ao entusiasmo inicial para não comprometer a qualidade do negócio lá na frente. Há dinheiro bom de não ganhar, portanto, cautela, Alberta ponderou, enquanto tomavam sorvete em taça de vidro na Confeitaria Vienense, primeiro andar de um prédio na Rua Barão de Itapetininga, ao som de dois violinos e um *bandoneón*, final da tarde de uma sexta-feira de dezembro, antevéspera de Natal, a data escolhida para a inauguração afetiva, com caráter oficial, da Tecidos&Pele.

Quando Alberta se deparou com Toninha no bonde, já não estava na fase de selecionar modelos para a confecção. Não conseguiam nem mesmo corresponder à lista de espera abarrotando de nomes femininos o caderninho lilás que a neoespanhola se recusava a chamar de agenda, por considerar o termo técnico e sisudo demais para o caráter feminino e de certa forma lúdico do novo empreendimento. Ainda assim, a figura ao mesmo tempo disponível, recatada e inocentemente lúbrica a duas fileiras à frente foi captada pela antena capaz de identificar feromônios num raio de amplitude tridimensional. Acionado, o alarme só deixou de soar quando madame descansou as unhas nos ombros ossudos da pretensa caça.

Pretensa sim; caça, jamais. Embora abatida antes do voo, Antônia Luna não estava excluída da movimentação sideral. E se não se encontrava em condições de refletir o plenilúnio sugerido por Saria Fuentes ao nomeá-la, evoluía do breu absoluto da lua nova para o traço de luz cada vez mais perceptível do quarto crescente, antecessor da lua cheia.

Em todo o céu uma lua. Lua cheia, lobos soltos; minguante, desejos guardados; crescente, desejos expressos, lua nova... A lua nova só nos resta adivinhar, invisível, a despeito de estrelas, relâmpagos e qualquer outra espécie de luz dada a clarear o breu, fazendo emergir os objetos celestes. Ou levá-los a desaparecer, ofuscados por estas mesmas fontes de luz. A natureza material obedece com austeridade à evolução das fases; a natureza humana, irreverente e frágil, não segue o mesmo rigor. Antônia não evoluiu de quarto crescente à lua cheia, subvertendo a ordem, vítima, ela mesma, desta subversão – talvez Antônia seja excessivamente solar, e são, estes, tempos de mormaço e nuvens amontoadas, e nem há lua no céu.

Quando Vitório resolveu aparecer, os traços de seu contorno estavam quase esmaecidos de todo, sombra desmaiada na memória preguiçosa de Antônia Luna. Não que tivessem ocupado alguma posição de relevo antes do desgaste, porém, aos moldes das lagartas em processo de evolução, havia um futuro possível. Ou, diante das circunstâncias, desejável. Antônia adaptara-se ao conforto inesperado daqueles dias no ateliê, dera de espairecer, alheia ao que extrapolasse o espelho metafísico no centro do qual fixara o olho, capaz de repercutir sua imagem e nada mais. Esta capacidade de se recompor, decorrente do jeito próprio de se permitir deleites individuais, faria inveja à fênix da mais abundante plumagem. Para ruína de seus desejos de homem, Vitório chegou, não apenas atrasado, mas patrão. E não havia funcionário disponível. Antônia Luna ainda era Toninha demais para desempenhar esse papel. Recebeu-o com a displicência dos maus operários, a despeito dos palpites externos e da conveniência pessoal. Por ter sido desde cedo beneficiado pelas demandas práticas do cotidiano, Toninha não desenvolveu a consciência de que é preciso se alimentar da sua lavoura, enfiar a mão na terra, arar a terra, torná-la o próprio eu. Por sorte, conhecia a aridez dos movimentos internos, os que se processam por dentro da pele em circunvoluções e desastres, e a dificuldade do cultivo quando não se têm adubo e água disponíveis, afetos. Há pessoas para quem essa divergência entre dentro e fora se torna letal, levando-as a explodir todos os seus micróbios, ou, pior, alimentá-los ao ponto de provocar uma autofagia involuntária. Para Toninha, o desacordo se revelou útil no processo de expansão, estufando-o de vitalidade interna antes que rompesse os contornos do esqueleto, apesar de ter alcançado um metro e setenta de estatura exterior. Quase nada, diante do que se avolumava para dentro da pele.

 O rosto talvez tenha sido o primeiro elemento a ser atingido por esta expansão. Modelaram-se as maçãs, conferindo-lhe um talhe distante de qualquer artificialismo, as sobrancelhas encorpadas, não à moda de lagartas robustas, mas espécie de arcos capazes de desarmonizar um semblante a princípio inexpressivo, sujeito a eterno maneirismo infantil, francamente leviano. Penteá-las, lavar e maquiar o rosto tornou-se parte das primeiras abluções do dia, as pequenas liturgias do processo evolutivo por que passam todas as espécies capazes de evoluir. Saía do banheiro de dentes polidos, o dourado da pele, antes efeito da exposição ao sol, agora assomado pelo uso de cremes e o pó de arroz, ruge, Penélope sem nenhum Ulisses a esperar, e ainda assim tecelã de um futuro que parecia já estar aqui, misturado ao presente cotidiano, confundindo-se com ele, na tentativa de ocupar o seu lugar.

Mas ainda não era o futuro, o presente se mantém incorruptível, locomovendo-se em seu passo ordinário. Quando Vitório retornou ao apartamento, domingo abafado de outono, veio na forma de meteoro retroagido de um futuro metálico, ou arremessado do passado mais vulgar, de tão batido e trivial; num caso ou noutro, inconveniente, desestabilizando a calma da tarde quando nem chovia nem fazia sol.

– Nem Penélope aguardou com tanta paciência e desejo – Sarita ergueu os braços e os abriu em direção a ele, depois apontou para mim, a Penélope em questão, e caminhou ao encontro desse novo Ulisses, sem ligar para os pingos escorrendo do guarda-chuva quase à altura do tapete de veludo. Então chovia em algum lugar, pensei em perguntar de onde ele vinha, onde a chuva, mas não disse nada, voltei-me para Sarita Montiel na parede, excluindo-me da cena desnecessária. Alberta assentiu sem dizer outra coisa que não "deixe comigo", tirou o guarda-chuva de sua mão e o pendurou numa chapeleira de canto, cuidando de alinhar o bico umedecido ao diâmetro de um vaso de planta ajustado ao pilar inferior do móvel. Sentada numa cadeira próxima à mesa principal, eu tinha os pés dentro da bacia de água morna e sabão, aos cuidados de Ivete, ela decidira pintar minhas unhas, experimentando a cor capaz de me favorecer os pés, daí a palheta de cores de esmaltes sobre um tamborete de madeira laqueada bem ao nosso lado. Senti-me abalroada por ele pela segunda vez, e aqui me dirigi a mim no feminino, porque, da pele para fora, eu já não era outra senão Antônia Luna, em tudo adequada à silhueta dela, como se a contivesse desde sempre.

Um piscar de olhos e lá estava eu em minha infância, a menina Luna brincando de boneca com Lavínia, mãe da Surita, na casa delas, o piso de cimento do quarto nítido nestas imagens recortadas, distribuindo a mobília da casinha pelo chão, fabricando pequenas peças de roupa com as sobras dos panos das costuras de dona Raquel, criando adereços, ninando a boneca em meus braços de mãe, a mãe que nunca desejei ser, com a diferença que agora, nesta sala, no apartamento enfiado no coração da grande cidade, eu tomara a posição da boneca.

Achando que poderia ocupar o meu lugar na brincadeira – pois não o deixara vago? – Vitório acreditou que eu me tornara de fato a boneca de Lavínia, ali disponível, com os pezinhos de borracha enfiados na bacia d'água e a boquinha pronta para o beijo. O menino Vitório tomou assento no velho assoalho de cimento sem pedir licença, invadiu meu devaneio e as memórias, sentou-se no chão do quarto de Lavínia, constatou o meu corpo de plástico, e, quando abri os olhos de volta, estávamos deitados, orgânicos e reais, na cama de casal, na parte interna do ateliê de Sarita Funtes, a suíte que madame reservava para os clientes especiais, e onde vez ou outra pernoitava com Alberta, se o expediente se estendia pela noite, desencorajando-as de se deslocar até os Campos Elíseos.

Vergado sobre meu corpo, Vitório desnudava-me o tórax, o abdômen, atento ao fragmento exposto à abertura de cada botão, não como quem o desejasse e o quisesse lamber, morder, beijar, brincar com ele, mas descobrir e experimentar em sua própria pele a contradição, o inusitado, a anomalia, quem sabe. No lugar onde deveriam estar os peitos, encontrou o bico dos mamilos e os torceu com a pontinha dos dedos, depois os prensou entre os dois caninos, trincando-os com a ponta dos dentes. Ao me penetrar com uma ferocidade amadora, não fui capaz de me sentir possuída ou desejada, mas a matriz de um tecido alheio a serviço do organismo que o queria desenvolver em si, arremetidas mecânicas distantes de qualquer vibração.

Quando terminou, estirou-se ao meu lado, contraiu e relaxou os músculos da testa, deslizou o dorso da mão sobre o meu corpo sem desviar os olhos do teto, executando um pequeno meneio de lábios distante de repousos e sorrisos, mas próximo de quem, egresso de um longo período à deriva, vai se aproximando de alguma margem de segurança.

De sua parte, Toninha reconheceu estar parindo Antônia Luna em definitivo, dando cria a ela, a vida irrompendo feito tudo o que se impõe para existir. Um parto por instrumentos, mera rebentação, no entanto vida. A vida não passa de acontecimentos. O corpo mantinha-se sem alma, porque a alma é de outra natureza, exige celebração do mistério, o azeite entre as dobradiças ósseas, vento, configura-se em texturas e matizes, labirintos e entrelinhas. O espírito, ainda no futuro, precisaria mesmo de um corpo onde se instalar, pois aqui está ele, e é toda a mecânica. O presente é o corpo materializado de Antônia Luna à espera do espírito que lhe insufle ânimo, sangue, um sentido afinal. Brando, que se nomeou a si mesmo, ainda não existia para ela. Antônia Cibele tampouco existia. Não importa. É comum se acumularem referências de tempos anteriores ao tempo vital de cada um.

Em função do vigor dos seus sonhos, Brando tirou um caderno da estante especialmente para anotá-los, o que faz tão logo abre os olhos, saído da vivência onírica por momentos real. Agora vem de um bosque montanhoso e frio habitado por elfos e ninfas, ele mesmo um duende às voltas com o castigo da imortalidade. Todos morrem: a prima fada, a tia bruxa, o pai centauro, o bisavô silfo girando no ar, a mãe nereida, o neto gnomo, a tia mineira salamandra de fogo, apenas ele permanece vivo e assim se manterá até a consumação dos séculos: o desespero.

Sem fazer os alongamentos, sem beber o gole d'água na cabeceira ou mesmo levantar da cama, estica o braço até alcançar o controle remoto, dirige-o ao aparelho de som e dá o *play*, retomando a melodia: Canção da Terra, Gustav Mahler. Callas espreguiça sobre o travesseiro, espirra, desliza as patas pelo nariz, uma, a outra, as duas de uma vez, *O legado de Eszter* aberto de bruços no colchão ao lado dela, "é o frio da Hungria, filha", ele fecha o livro e junta o nariz ao pescoço da gata. *Formas de voltar para casa*, do Alejandro Zambra, marcado na página 42, Jonas divide com ele o interesse pelo compositor e os escritores latinos contemporâneos, Jonas esticou um bocado desde a última vez, emagreceu, a genética ultrapassa a contribuição de papai e mamãe, então quem sabe. Movimenta-se na cama deslizando braços e pernas pelo colchão, desde a viuvez dorme nu algumas noites, Antônia Cibele é criação sua, não se deve cogitar as academias de letras e as imortalidades, o bigode de Hemingway salpicado de purpurina azul e prata, viver é mais exuberante do que ser imortal, e choraria, não fosse dado a uma certa combustão de alegria quase melancólica, impedindo-o de perceber quando acaba uma e começa a outra. Após urinar e enxugar o vaso usando o calcanhar se põe à frente do espelho movendo o pente antes até da escova dental. A perspectiva de viver é a duração do dia, Callas tão menina, o corpinho esguio de Callas, caminham os dois para a cozinha, a semana começou, acende a boca do fogão, água na chaleira, desce a louça para o café e volta ao quarto decidido a trocar o CD, usa a flanela para tirar a poeira da capa, devolve-o à prateleira dos clássicos e liga o rádio. Ana Cristina Cesar em cima da TV, quanta melancolia nessa pena, o busto do Eça imprensado entre Elvira Vigna e Milton Hatoum é quase um louvor, cumprimenta os quatro, estendendo a saudação aos inquilinos do oratório e à Senhora Mãe dos Homens acomodada em cima de uma caixa de som.

Os cadernos seguem empilhados em cima da outra caixa, ele os têm para vários fins: no primeiro anota os sonhos tão logo desperta, atualizando-os ao longo do dia à medida que lhe ocorrem novos fragmentos ou os associa a experiências reais. No outro, sugestões de programas na cidade, desde um antigo bar redescoberto no centro, até a programação do Teatro São Pedro para o ano que vem, passando pela nova casa de massagem a dois passos da Praça Roosevelt, endereço de templos orientais em cidades vizinhas, talvez num domingo de isolamento voluntário, nada incomum. No terceiro, receitas de sal, não se aventura nos doces, erra na dosagem dos ingredientes, os ovos se preferindo omeletes. Dentro da caixa de veludo, o caderno azul. Nele, as palavras escoteiras, ele as alimenta de cores e intenções, sentimentos e os seus próprios avessos, que é como se refere à capacidade que algumas têm de revelar o oposto do que sugere o encadeamento das letras. A estas, devota uma atenção especial, as esquadrinha peça por peça, como costuma fazer com as miniaturas do trenzinho elétrico.

Depois de despejar a mistura de leite e iogurte no pires de Callas, lava a louça do café que tomou há pouco, enxuga a xícara, escorre os talheres, senta-se na poltrona de retalhos com o *notebook* no colo, acompanhando aquela chateação de anúncios e advertências que antecedem o momento de deixá-lo pronto para o uso. Callas pula em seu colo, dividindo o espaço das pernas com o computador, ele mostra a língua para ela farfalhando a garganta, segura-a pelos flancos e tenta erguê-la no ar, o corpinho magro de Callas, ela parece gargalhar, mas já se esquiva, ele junta ao rosto da gata o seu e esfrega o nariz no seu focinho, talvez ela vá arranhá-lo, em vez disso se desvencilha, espirra de novo e pula para o tapete no chão da sala.

O *notebook* exibe a tela de fundo, uma panorâmica de São Paulo em preto e branco, a partir do bar do Terraço Itália – ele vai direto aos *e-mails*, vencido pela lembrança de Antônia Cibele. Quando ainda Luna, ela se deixou experimentar pelo corpo irrequieto de Vitório entre as quatro paredes do ateliê ou nos hotéis baratos em torno da Estação da Luz, era ela quem fornecia os dados para o livro de registro na recepção dando apenas o seu nome, Antônia Luna, para lhe preservar o anonimato e os desejos de certa forma afoitos, mas refratários à luz. Ele ficava satisfeito, subiam a escada um atrás do outro, ela na frente, ele atrás, às primeiras vezes portando ele a chave, mas ela logo assumiu o comando e a chave, abrindo a porta do quarto para que entrassem, apropriando-se, não do quarto físico, mas do ofício de ocupá-lo, tornando-o provisoriamente seu.

Antônia chegou a se entreter por um tempo, se espalharam na cama para um lado e outro, rolando dos pés à cabeceira, e o caminho inverso, como quem se diverte em um parque de diversões com poucos brinquedos, e de novo ali sobre os lençóis surrados pelos encontros transitórios, tudo subordinado à agilidade leviana do tempo. Porém, antes do segundo mês, Antônia Luna se desvencilhou da cama e dos acordes dissonantes de Vitório, desalinhou os lençóis e os atirou no canto do quarto enquanto ele dormia na cama em ruínas, desatou as pernas que se haviam misturado quase à revelia dela, deles, ignorou o próprio nome sugerido por madame Sarita e escapou do quarto abafado e as paredes úmidas, o piso flácido, o forro despencando do teto, feito quem consuma o tempo dedicado a um emprego transitório. Percorreu o corredor de madeira, desceu a meia dúzia de degraus e alcançou a calçada, bijuterias nos dedos da mão e nos pulsos, ele não a presenteava com joias, as joias seguiam direto para o pescoço e as orelhas de madame Sarita. Assim, seguiu pela rua carregada de penduricalhos, olheiras e pedras de fantasia. A Rua Augusta se assemelha a outro corredor sinalizado por traços de giz avançando em sua direção, novamente em rota de fuga, ela vinha se transformando em alguém que foge, continuou subindo e observando os letreiros apagados, sugada por eles, é final de tarde, porém ainda tem sol, sente-se livre e só outra vez, talvez um peixe em água de bacia subordinada às fronteiras de alumínio. Mas um besouro de esterco não deve esquecer que já foi adorado como divindade em um Egito Antigo, Brando cunhou essa frase quando ouviu a história, algum tempo depois desse trajeto, no pequeno apartamento da Liberdade, onde ele morava e a recebeu. "Enquanto subia a rua, mamãe me passava pela cabeça como um silvo de serpente", Antônia falou "um silvo de serpente", Brando chegou a ouvir o silvo, o bote maternal alheio às estéticas da filha e às irreverentes felicidades individuais que costumavam atingi-la, ela apressa o passo na calçada, tentando substituir com o movimento das pernas a algaravia da cabeça, foi Brando quem sugeriu algaravia, ainda na cozinha do apartamento preparando a sopa para dividir com ela depois de terem passado juntos a noite anterior. Ela não deixou de achar esquisito, mas pertinente, desconhecia a palavra, "algaravia lembra um salto de paraquedas, aquele momento que antecede o salto, a afobação das vogais empurrando umas às outras para o precipício", então ela entende o que ele diz, também brinca com letras e palavras, Brando chega a exultar, saboreando o prazer e o conforto provocado por esses encontros viscerais, tão raros.

No único letreiro aceso àquela hora, à direita de quem sobe a Rua Augusta, piscam todas as letras de Libélulas em Voo, não besouros nem peixe, libélulas, eu atendo ao aceno do segurança vestido numa túnica africana e entro pela porta estreita, depois a de vaivém, a cortina de miçangas tremeluzindo à passagem, o ar é noturno sem ser sórdido, um bafo de ar quente acertou-me em cheio no rosto. Edith Veiga irrompe da caixa de som, 'Faz-me rir o que andas dizendo, que te adoro, que morro por ti'. "Aqui dentro é sempre noite", alguém diz com um sorriso nos beiços, e o batom da mulher ao lado parece uma extensão dos vermelhos impregnados nas paredes, no hálito de quem diz, nas poltronas espalhadas pelo *hall* e na iluminação rudimentar.

Lá dentro é sempre noite, Brando estava sentado no banco em frente ao balcão alto, sorvendo pelo canudo um drinque pela metade do copo, meio rosto ao alcance da luz, a outra metade na contraluz do abajur. Antônia olhou para ele, uma breve sensação de já tê-lo visto, depois desviou o olhar, luminárias, fotografias de mulheres e artistas pelas paredes, casais circulando em roupas de banho e sorrisinhos miúdos, depois retornou a Brando, o rosto agora inteiro iluminado, sem localizar na memória a marquise do cinema onde estiveram, lado a lado, observando Audrey Hepburn no cartaz do filme. O mesmo homem que insiste nos tons lilases capazes de conferir ao ambiente essa luz da noite, se desvencilha da mulher de batom vermelho e lhe oferece um drinque escorando as costas no balcão, as pernas em x, examina seu corpo de cima a baixo, pede outro Martini para a garçonete, Antônia não bebe álcool, ele insiste, ela aceita o copo apenas para acompanhá-lo, ele é cordial e está interessado, a trata bem, porém nada pode fazer quando o outro que desce as escadas lá de trás a arranca do balcão pela gola da blusa e a arremessa porta afora aos berros e tapas, porque aqui não é lugar para essas aberrações, onde já se viu, você engana qualquer um, menos a mim, vai bater tua plumagem ordinária em outro lugar.

Tão logo se refaz, antes mesmo de se erguer da calçada, sente o filete de sangue escorrendo pelos cantos da boca e o nariz, os luminosos acesos, faróis dos automóveis ligados, outra vez os ruídos da cidade, Antônia percebe que aqui fora também anoiteceu. O segurança de túnica africana desvia os transeuntes à maneira de um guarda de trânsito, sequer lhe estende a mão, não parece tê-la visto há pouco, não sabe de quem se trata nem o que faz ali. O homem que a amparou tinha um sotaque engraçado, pareceu que ia segurar sua mão, mas evitou o contato e a prensou pelo braço conduzindo-a pela calçada, quase um soldado, descendo em direção ao centro da cidade sem reagir aos olhares e comentários breves de quem os via passar desalinhados. Duas quadras abaixo dobraram a esquina e entraram numa lanchonete no meio do quarteirão, estava quase vazia, um lusco-fusco desagradável, aroma de pão torrando na chapa, Antônia considerou alguma fome, mas não disse nada, a rua e agora o ambiente pareciam sufocantes, precisava respirar. Sentaram-se nos dois últimos bancos no final do balcão, ao lado do banheiro de porta fechada, incapaz de vedar o denso cheiro de urina ou mais que vazava de lá, efeito do sistema precário de ventilação. Ele pediu a água meio gaguejando, tirou um guardanapo de papel de dentro do copo de vidro em cima do balcão e lhe ofereceu, ela o umedeceu na garrafa de água gelada e passou num canto da boca, depois no outro, só aí o encarou, pareceu que ia rir de alguma coisa, mas se levantou num susto, ele a reteve pelo braço, ela primeiro se livrou da mão dele com um quase safanão, depois se sentou de volta e percorreu com as mãos os dois bolsos da calça, apalpando o tecido de um lado e outro. Constatou a carteira no bolso direito e rodou o banco giratório de metal: "A terra da promissão", disse, olhando para ele, repetindo a frase que ouvira de Francisco Pombo quando este os ajudava a acomodar a bagagem no quarto da pensão, no primeiro dia. Lembrou da mãe, haviam perdido o contato há mais de mês, madame e Alberta também pareciam móbiles sujeitos a correntes de ar desfavoráveis, as meninas do ateliê, Leonardo, Nonô, tudo em extinção, e assim um fio frágil se desfazia, senti-me, não a bordo do balão que meu irmão fizera decolar, mas o próprio balão desgarrado, sem nenhum artefato que o conectasse à terra.

O homem não quis se apresentar, mas propôs um programa a dois, conhecia um cinema não longe dali, ela cogitou voltar ao apartamento da Líbero Badaró, porém havia decidido que para lá não voltaria mais, nem serviria aos interesses de madame, tampouco retomaria os encontros com Vitório, cheia dessa vida estrangeira e de certa forma incompreensível. A pensão de Francisco Pombo estava fora de cogitação, não iria interferir na escolha da mãe, revivia a sensação de quando estiveram sentados os três à mesa do refeitório, a mãe à disposição do proprietário, excluindo-a de qualquer função naquele novo encaixe.

Ele pagou a água mineral e os dois saíram na noite à procura de ar fresco, tomaram o rumo da Consolação seguindo a passos lentos e alguma conversa, tudo truncado, apesar da liberdade das ruas. Antônia continuava incomodada com o jeito de falar de Berilo – ele afinal dissera o nome e repetia banalidades sobre o clima, apontou um ponto de luz se locomovendo no céu, quem sabe um disco voador, aludiu aos bondes iluminados e quase vazios deslocando-se sincronizados, o comportamento celerado das ruas. Não apenas o sotaque lhe chamava atenção, mas um jeito trôpego de dizer as palavras, trocando consoantes, mordendo letras, apertando os olhos como se aprisionasse ali cada sílaba, dificultando ainda mais a pouca comunicação entre os dois.

Quando chegaram ao cinema a sessão já havia começado, "você gosta de faroeste?", ele perguntou depois de tirar os ingressos, não ouviu a resposta, ou não teve resposta, cruzaram a catraca e se sentaram na penúltima fila de cadeiras, no meio da fila, antes que o lanterninha os percebesse e viesse auxiliar, quem sabe aborrecer. Antônia esperou que ele abrisse a braguilha da calça, habituada às urgências masculinas, porém Berilo estendeu o braço sobre o seu ombro e a puxou para si feito dois namorados, ela primeiro resistiu, refratária a essas extravagâncias fúteis, mas em seguida encostou a cabeça no ombro dele, ele começou por beijar-lhe os olhos, em seguida o nariz, as curvaturas do nariz, de novo os olhos, e se inclinou para ela, movendo o queixo de Antônia até ficarem cara a cara, e começou a deslizar a língua pelos cantos de sua boca, talvez perseguisse os filetes de sangue, desejando secar de um lado e outro os cantos agredidos da boca ou fazê-los escorrer outra vez, acalentar, lamber, infectar a língua. Antônia a nada retribuiu, ela nada pedira, mas não impediu as investidas dele, os dedos desabotoando-lhe a camisa sem nenhuma pressa, a mão descendo pela barriga até alcançar a calça e desabotoar também ali, enfiando a mão por dentro da calcinha de náilon até atingir o pau que começava a se estender involuntariamente, obrigando-a a dividir-se entre sustar as ofensivas desde já e, agora sim, corresponder às investidas da língua escarafunchando a sua boca cedendo pouco a pouco. A língua de Berilo parece ter sido feita para isso mesmo, mergulhar pelas bocas, invadir e vasculhar, reconhecer, porque aqui ela demonstra a integridade que lhe falta na fala, vale-se de todas as letras, sapateia em todas as sílabas, e quando em atividade, o cinema calmo, todos os ossos do meu corpo afinal doloridos, a língua de Berilo nos orifícios da minha cara me fez ejacular o alfabeto inteiro em sua mão.

Ao fim de tudo, achei que ele fosse correr o zíper da calça e se levantar, sair às pressas no escuro, como costumam fazer os que sucumbem aos destemperos do juízo. Não. Depois de deslizar a mão de um lado e outro pela minha calça tentando se livrar dos nossos esguichos, Berilo retomou o lugar na cadeira e assistiu ao filme até o fim, acompanhando com o semblante e até umas manifestações de susto e riso o desenrolar da fita, que ainda não ia pela metade quando chegamos. Eu não estava nocauteada pelo prazer que ele me proporcionara, porque grande parte desse prazer se deveu à fricção mecânica de sua mão contra o meu corpo e à língua britadeira que ele tem. Mão e língua habilidosas, porém insuficientes para atingir outras regiões mais furtivas, resistentes ao controle voluntário: aquelas beiras de abismos capazes de me provocar o desfalecimento que desde cedo procurei evitar. Assim, ejacular na mão de Berilo, e ao seu comando, podia ser considerado a paga e o reconhecimento de uma atitude generosa e cordial. Não mais do que isso.

Ele, contudo, desejou mais do que isso, tinha outros planos para mim, nada mais parecia servir ao acaso a partir de agora. Quando deixamos o cinema, a noite já havia dispersado os usuários da rua e os substituído. Eu poderia pernoitar por ali mesmo, pensei, quando atingimos o Largo do Arouche e vi as bancas de flores iluminadas, janelas abertas de apartamentos à meia-luz e os bancos da praça ocupados por casais ou as poucas pessoas que os utilizavam para dormir. Aquela clareira no centro da cidade por um lado a humanizava e por outro parecia confirmar a extensão de tudo o que, fora do alcance de visão, estava à volta. São Paulo é esse corpo imenso que agora nos circunda, dois órgãos minúsculos de passagem na noite por esta espécie de umbigo urbano, o largo todo aceso e circunscrito, mas escorrendo por outras centenas de avenidas supostas, viadutos, pontes, cortiços, veículos de transporte, o maquinário e a plantação de arranha-céus da cidade.

Um corpo imenso, mas não grande o suficiente para me conter.

Foi Francisco Pombo quem trouxe a notícia da morte de mamãe. Eu estava instalada no quarto que Berilo ocupava na Mooca em um corredor de quartos de aluguel. Berilo me havia apresentado o Avenida Danças, um movimentado *dancing* na Rua Aurora, esquina da Avenida Rio Branco, onde, ao lado de outras mulheres bem vestidas e muito perfumadas, me punha a dançar com quem estivesse disposto a pagar por isso, picotando o cartão que recebíamos no início da noite. Lá, eu fui registrada como Antônia Luna e, salvo duas exceções, Antônio José não parecia mais fazer parte da minha identidade. A primeira vez que alguém me perguntou o que escondia dentro da calcinha, ou simulava sob o bojo do sutiã, estávamos dançando Perfume de Gardênia, e o tom de voz com o qual sussurrou a pergunta anunciava as preliminares do que viria depois. Da outra vez, o cliente exigiu a presença do gerente para reclamar da minha participação no salão de baile. Havia percebido alguma coisa deslocada em meu comportamento, talvez a voz, a pequena projeção das cadeiras, a exiguidade de peitos, com certeza um foco de contaminação à saúde do lugar, o homem era um intransigente boticário do interior. Na comparação entre o aspecto pouco cosmopolita do novo cliente e a exuberância de furos em meu cartão de danças, levei a melhor, e o outro foi convidado a se retirar, recebendo de volta os trocados que acabara de investir. Estava sem nenhuma notícia de mamãe, ainda decidida a não procurá-la, quando fui requisitada a dançar por Francisco Pombo em pessoa, matinê de um domingo de abril. "Se cruzasse com você na rua, não iria te reconhecer", ele se pôs de pé à minha frente e alongou o braço com a palma da mão virada para cima. Primeiro me surpreendi com a presença dele, cheguei a recuar, porém me refiz e desloquei a mão ao encontro da sua. Enlacei os braços em torno de seu pescoço e juntei meu corpo ao dele para a dança. Fiz algum comentário irônico a respeito de sua presença no salão quando deveria estar se refestelando na lua de mel. Ele disse que eu e mamãe nos merecíamos, mas aos poucos ela estava tomando jeito, ia acabar virando gente. Eu deveria tentar o mesmo. Perguntou onde eu estava morando e quase exigiu que lhe desse o endereço para alguma eventualidade, a vida era menos previsível do que eu queria imaginar. Estava difícil permanecer dançando, embora pouco tivéssemos nos afastado da mesa, Francisco Pombo acabava de me provocar uma sensação incompatível com a música e a dança e até mesmo a tarde leviana, o salão de súbito sufocante. Ao nosso lado os casais continuavam se movendo sob o mesmo calor estagnado, Francisco Pombo também suava, perdera também o ritmo, estaquei alheia ao acorde do teclado, indiferente à voz sentimental do cantor. Puxei-o pela mão e caminhamos até o balcão de onde saíam os pedidos. Pedi caneta e papel e anotei o endereço.

Ele disse que eu não esperasse visita de nenhuma espécie, mas seria razoável conhecer meu paradeiro. Eu disse que ninguém tivesse pressa em me visitar. Ele estendeu novamente a mão, me desejou boa sorte e se despediu.

Apareceu depois de um mês com a notícia da morte de mamãe. Eu tinha acordado pelo meio da manhã, a noite toda no Avenida e ainda um cafezinho na quitinete de um cliente a poucas quadras dali. Na cama fui surpreendida por sua presença no quarto, a porta apenas encostada desde que Berilo saiu mais cedo, certamente para recrutar novas dançarinas. "Violeta morreu ontem à noite". Estremeci, mas duvidei no primeiro momento. Não que Francisco Pombo fosse dado a brincadeiras de bom ou mau gosto, mas eu só acreditava no que me parecia possível, sendo difícil admitir que minha mãe, a Violeta do finado Fausto, a amante irascível de Alípio Alma, a mãe luxuriante de Leonardo pudesse ser mortal. Nonô, meu pai e as arremetidas da morte ainda poderiam partilhar algum nexo, porém Violeta era de outra natureza, a léguas de qualquer debilidade, uma natureza resistente, então superior. Não apenas não era como estava morta na Santa Casa de Misericórdia, onde já deram início ao velório curto, ele insistiu e se mostrou definitivo. Contorci o rosto tentando reprimir a convulsão de vômito, escapei da cama numa confusão de pernas, entrei no banheiro, abri a torneira e me curvei sobre a pia, acompanhando o redemoinho da água misturada à saliva a caminho do ralo. Joguei uma água na cara e tentei o coque desequilibrado no cabelo, tiritando de uma espécie de frio à frente do espelho em cima da pia. A água na cara foi insuficiente para eliminar o borrão da sombra preta em meu olho, e o coque feito às carreiras não contribuía para a boa imagem de ninguém, mas agora tinha pressa, queria estar com mamãe, talvez tivesse o que dizer a ela, quem sabe a ouvir, seguimos a passos loucos pela rua de cabeça baixa cada um. No caminho, sem tirar os olhos do chão, ele informou que, do diagnóstico à morte, foram cinco dias, os últimos dois no hospital. O sangue voltou a latejar em minhas orelhas e nas maçãs do rosto, mas se manteve sólido, como se coagulado. Ele sugeriu que ela o fizesse, mas mamãe o impediu de me avisar, preferia me manter à distância, talvez desconhecesse a gravidade do seu estado, ou ao contrário, por conhecer, nos poupou de despedidas inúteis.

Não havia quase ninguém no velório: dois hóspedes da pensão, o antigo cozinheiro agora afastado à espera da aposentadoria, outras duas amigas que ela tinha feito por lá, um pastor lendo alguma passagem bíblica ao lado do caixão, dois ou três curiosos, ninguém mais. À minha chegada, todos se voltaram, mas apenas o cozinheiro veio falar comigo e me cumprimentou com um abraço ligeiro. As duas mulheres cochicharam qualquer coisa, repreendidas pelo olhar severo de Francisco Pombo, os outros dois trocavam comentários entre si, alguém se insinuou em minha direção, estacando a seguir. Eu já estava habituada ao impacto da minha presença, portanto não me perturbei, além do mais não gosto de ser tratada com condescendência, a estrangeira era eu, me aproximei do caixão.

Mamãe exibia uma dignidade que nunca fora dela. Usava um vestido branco também desconhecido, mais exposto do que deveria estar, em função da escassez de flores e ornamentos. Uma única vela pela metade dentro de um castiçal enferrujado ajudava a compor esse quadro árido, vazio de sons e qualquer conforto. Saí da sala, avancei pelo saguão, atravessei a rua, entrei numa banca de flores e comprei todas as flores que o dinheiro no bolso permitiu. Retornei ao velório e as fui depositando uma a uma sobre ela, desde os pés até onde deu. Interpelei a mim mesma se haviam cuidado do seu corpo com empenho, mamãe parecia tão nua quando cheguei. Eu a teria borrifado com a essência de erva-doce, a única fragrância que ela se permitia usar, e cerraria melhor essas pálpebras, evitando a janelinha aberta em seu olho dirigido definitivamente para baixo. Conferi a situação dos seios pouco alinhados, eu não saberia dizer se lhe ajustaram o sutiã, mamãe não se levanta da cama sem eles, detesta a sensação de peitos pendentes, e os pudores, que também os tem a mamãe. Seu rosto não estava sereno, mas íntegro, longe da opacidade da morte. Ao contrário, adquirira um aspecto compacto, os ossos harmonizando a musculatura tonificada de quem se apresenta vivo e selvagem. Sem desviar os olhos do seu rosto, acometida por alguma espécie de arrebentação, desandei a chorar o choro convulsivo e interno, represado e mudo, como se minha cara não dispusesse de orifícios por onde a água escoar. Amputavam-me um membro que, embora ferido, me auxiliava na locomoção, mesmo que fosse para me ausentar de nosso umbigo comum e alcançar as periferias responsáveis por nos distinguir uma da outra. Ela me abandonava na cidade que eu escolhera para viver, mas não apenas nela, mamãe conhecia a extensão dos vazios e não me permitira preparar sequer para este exílio absoluto, Violeta não manda recado quando quer ser, ela mesma, a portadora da notícia fatal. E ali estávamos os dois no deserto. As duas. A mãe, que só foi capaz de ostentar dignidade quando a filha se sentia a mais indigna; o filho, de uma orfandade vários anos anterior ao dia de hoje. Percebi que meu corpo agora comportava dois hemisférios: da pele para dentro *tsunamis* e terremotos próprios do hemisfério norte; da pele para fora a placidez dos rios e planícies do hemisfério sul; temi cindir-me em dois e romper diante dela, expelir ali todos os meus venenos. Pensei novamente em meu irmão, timoneiro do balão cujo novo plano de voo eu ignorava, talvez gostasse de saber quem somos agora. Ele, desertor asfixiado por tanto afeto. Eu, cavaleiro e dama sem montaria. Mamãe apreciava vê-lo existir, às voltas com os festejos partilhados apenas consigo. A partir de hoje Leandro está autorizado a subir ao mais alto, sem o dever de descer a terra, tendo como referência apenas sua autonomia de voo. Como sempre fez, de forma clandestina.

Uma funcionária veio avisar que o velório chegava ao fim, ativassem as despedidas. Descansei a mão direita sobre as suas mãos cruzadas na tentativa de rezar alguma oração impossível, para qualquer entidade, que eu também não sabia qual fosse. Minha mãe não costumava intermediar recados fraudulentos, então desisti da reza, me mantive à espera de um acontecimento qualquer, cheguei a me distrair, como se estivéssemos ali por acaso, porém não ocorriam outros acontecimentos além daquele, o aroma das flores úmidas me subiu ao nariz, outra vez a náusea, senti que o sangue coagulado dentro do peito ameaçava romper o calibre grosso das artérias, levando ao colapso o meu frágil equilíbrio interior. Estava pronta para me render a tudo quanto dentro de mim solicitava rendição, quando, um segundo antes de a funcionária descer a tampa do caixão, fixei-a com a urgência própria de momentos assim e compreendi que não era propriamente dignidade o que eu vislumbrava no rosto que empalidecia a cada momento. Valendo-se da expressão sólida, imperturbável, vitoriosa, mamãe me acusava de não tê-la amado o suficiente.

Precisei de algum tempo para suavizar na memória esta última imagem, substituindo-a, não por alguma lembrança de primaveras – não as havia – mas pelas alternativas necessárias à sobrevivência, mesmo que tramadas no faz de conta; é dessa maneira que se atinge o perdão. Até aqui, eu não tivera que perdoar ninguém, porque por ninguém me sentia ofendida. Ninguém esteve credenciado para tanto, apenas mamãe atingiu tal estatura. A maneira de demonstrar o meu apreço e admitir a sua relevância foi reconhecer o mal que nos unia e então nos perdoar aos dois. Às duas. E seguir em cima dos meus dois pés móveis, subsistentes a ela e a nós.

Assinei o documento para doação do corpo à Faculdade de Medicina da Santa Casa. Francisco Pombo se despediu num tom de contida cordialidade, deu-me as costas e desapareceu no mundaréu de gente na calçada, nunca mais o vi. Arrastei os passos pelas ruas do centro por quase toda a tarde, transportando o vazio amorfo da convalescença. Ainda que tivesse optado por trajetos conhecidos, sentia--me outra vez excluída, obrigada a reconhecer a escassez de recursos que me permitissem fazer parte da engrenagem urbana, São Paulo se opusera a mim, me emparedando. Ao contrário do que imaginara, a cidade se movimentava com os próprios pés, ou, na melhor das hipóteses, transformava todos os pés que a locomovem numa massa única e à primeira vista homogênea, com a intenção de forjar sua identidade, perseguindo, a cidade também, um destino pessoal e orgânico. Eu ansiava a antiga individuação, porém era forçada a admitir o esfacelamento, peça por peça, dos primeiros moldes que encontrei; e pelas minhas mãos.

    Entrei no cinema da Avenida São João sem registrar o nome do filme que acabava de conferir no cartaz. Segui tateando a parede pelo corredor escuro até alcançar os fundos da tela, onde ficavam os toaletes. Eu não sabia se estava ali para espiar ou tentava me excluir do movimento da rua, ainda aos engulhos, o corpo acometido por certa dormência, com certeza desejava me ocultar nos subterrâneos e desaparecer de qualquer constatação física, a luz lá de fora insistindo em destacar a existência vertical. Para isso nada mais adequado do que descer aos porões da cidade, quem sabe me desintegrar nessas relações sanitárias.

Na antessala dos toaletes já se aspirava o cheiro de detergente e eucalipto proveniente dos banheiros, deparando-se logo com duas poltronas de veludo ao lado de um grande espelho horizontal, onde no momento não se sentava ninguém. Adiante, as indicações para o banheiro masculino e o feminino com letras fosforescentes em azul e vermelho. Entrei no azul. Percebi o burburinho entre homens no corredor dos toaletes, sem precisar de muito tempo para reconhecer a excitação própria dos comportamentos clandestinos. Um deles me encarou tão logo botei os pés, não como quem deseja sexo, mas como quem solicita conivência e oferece uma tarefa especial sem temor de ser rechaçado, tudo ágil, como se eu fosse esperada e estivesse ali para isso mesmo. Enfiou a mão no bolso e me estendeu uma nota de cruzeiro, dirigindo os olhos até a porta, depois entrou no toalete ao lado, onde outro o esperava. Entendi que deveria cuidar de sua privacidade enquanto os dois permanecessem de portas trancadas. Não era uma atividade que exigisse técnica ou demandasse experiência, bastava permanecer de vigia e avisar com um toque na porta a presença de quem os pudesse incomodar. Outros dois se aproximaram de modo amistoso, deixando-me aturdida apenas por alguns segundos. Em pouco tempo eu era responsável pela intimidade de três pares de usuários ao mesmo tempo, já me sentindo à vontade na função, embora nunca tivesse me dado conta desse talento para a segurança pública. O fato é que eu estava sendo deslocada de categoria, talvez rebaixada, no entanto não me sentia de nenhuma maneira constrangida, continuo imune a certos tipos de melindres, impelida por um punhado de energia quase mecânica. Havia, estranhamente, certo tipo de alegria ou excitação nessa atividade abjeta, à maneira de quem se apraz com um episódio, digamos, de desequilíbrio, ao despertar de um sonho desagradável, sentindo-se em harmonia com o mal-estar que lhe acomete. Diferente da condição lastimável na qual entrei, acometeu-me um ímpeto, ao mesmo tempo que sentia o cheiro de creolina e eucalipto substituir o aroma das flores distribuídas pelo caixão, e isso também ativava certa lava incandescente que costuma me atingir de quando em quando.

A primeira dupla desocupou o reservado, percebida pelo homem que entrou munido de uma bengala, quase atingido por outros dois a caminho da porta de onde os primeiros haviam saído. À parte esses homens ousados, havia também os outros, pequenos roedores se locomovendo nas sombras, mudos da cabeça aos pés, mesmo submetidos a esse instinto invencível, espécie de maldição que os empurrava à mesa posta, mas não lhes permitia saborear o prato cheio. Comecei a me divertir com o tal jogo de gato e rato, homens são meninos tentando se esconder da mamãe, mesmo quando se enfiam embaixo de outras saias. Ou do tipo destes engaiolados nas cabines sem inibição, ávidos para usufruir entre si as suas masculinidades, depois de arriar as cuecas. Senti-me útil e um tanto refeita, como quem alcança a linha de chegada de uma maratona carregada nos braços da escória.

Brando gastava mais tempo do que o necessário diante da pia, lavando as mãos, acompanhando, através do espelho, o desempenho silencioso de Antônia Luna pelas proximidades dos toaletes. Ela o havia reconhecido da outra tarde no balcão da casa de *relax* na Rua Augusta, tão logo ele entrou empunhando a bengala, todavia se mantinha à distância, por não saber de quem se tratava, aquele programa não resultara em boa memória, contaminando tudo e todos que lhe diziam respeito. A postura severa de Brando também não ajudava. Sem olhar diretamente para ele, Antônia não desviava a atenção dos seus movimentos curtos, cogitando tratar-se de um segurança do cinema, algum policial disfarçado, talvez um maníaco sexual solitário, já que o homem estava ali há algum tempo e não tomava qualquer atitude para atender demandas excretoras ou lascivas.

Num descuido de ambas as partes, os olhares deles se cruzaram no espelho e pareceram se harmonizar, no exato momento em que a porta de entrada foi aberta e três policiais invadiram o banheiro de cassetete na mão, dirigindo-se ao corredor, forçando as portas dos toaletes com ombros e cotovelos, exigindo que todos levantassem os braços e se voltassem para a parede, sem dar tempo para qualquer tipo de reação contrária. Antônia e Brando tentaram escapar, enquanto os outros se organizavam nos cubículos, suspendendo as calças e ajustando as camisas, desfazendo-se de substâncias. Foram interrompidos pela mesma ordem de alinhar as mãos à parede e seguir iguais procedimentos. Ficaram lado a lado, separados apenas pela bengala de Brando também apoiada à parede de azulejos. No camburão, Antônia apertou a mão dele, na tentativa de fazê-la parar de tremer. "Não era medo, mas constrangimento", Brando diria mais tarde, ao dividirem a sopa no apartamento da Liberdade, depois de dispensados do flagrante, cumpridos os procedimentos formais. No momento, atirado ao camburão, ele franziu o rosto e virou a cabeça para trás, como se um dente fosse lhe explodir na boca, tamanha dor.

E quando fomos desembarcados na delegacia debaixo daquele súbito temporal, nos vi, a mim e a Nonô aportando em casa depois de certo domingo vivido às delícias no Rio de Janeiro alguns anos antes. Diante dessa lembrança, nada poderia se estabelecer entre mim e você menos importante do que de fato se deu.

III

A sensação de alívio com a chegada do advogado, ao seu pedido, Brando, foi intensa, mas não da mesma natureza desta evocação. Ainda não. Dalton, apesar de jovem e recém-formado, transmitia a segurança que viria a acompanhá-lo por toda a vida, fazendo-nos sentir logo protegidos, eu e você. Você o recebeu com entusiasmo, eu não vislumbrei nada além da possibilidade de sair dali e encontrar um lugar onde me encostar e dormir. Se não fosse o agravante de terem encontrado algum tipo de entorpecente com um dos detidos, Dalton teria nos tirado de lá de imediato. Diferente disso, quando atravessamos a rua para comer alguma coisa na lanchonete em frente, o dia já ia amanhecendo. Sentei-me ao lado dele no balcão, porém ele só se dirigia a você no outro lado. Atribuí meu desconforto às experiências do dia, ao cansaço, à lembrança recorrente de mamãe, estava há muitas horas sem descansar. Você sugeriu que seguíssemos para o seu apartamento na Liberdade a alguns quarteirões da Praça da Sé. Dalton veio junto, visto que morava no mesmo prédio, dois andares abaixo do seu. Vocês vieram conversando pela rua ainda enevoada, discutindo as personagens dos livros que estavam lendo, os letreiros luminosos com caracteres orientais bem à vista, os novos armazéns repletos de produtos importados do Japão. A seguir trataram de algum crime recente, cujo acusado estava sendo defendido pelo escritório onde Dalton começava a trabalhar. Voltei-me para ele, e aí talvez o tenha destacado do cenário pela primeira vez, assentado sobre os próprios pés, tão longilíneo, apesar da estatura mediana, e ainda assim me pareceu de certa forma frágil, não a fragilidade do que é débil, mas do que é nobre. Contornando as poças d'água no asfalto, transeuntes comentavam a tempestade que despencara à noite, viam-se resquícios da ventania pela Avenida Liberdade, uma árvore caída atravancava o trânsito nas proximidades da Igreja das Almas, a manhã amanhecia sem pressa de chegar. Embora vizinhos, era a primeira vez que se relacionavam com essa proximidade, e isso parecia agradável, fui me excluindo, até desaparecer da conversa entre os dois, sem deixar de ouvi-lo bendizer a reunião de condomínio, quando o advogado que se mudara há pouco distribuiu o cartão de visita entre os moradores, colocando-se à disposição para qualquer evento; por sorte, você o preservara na carteira. Mantive-me à parte desses comemorativos masculinos, desejando apenas um lugar onde me encostar para dormir sem hora de acordar.

Quando nos despedimos no oitavo andar, Dalton apertou minha mão com uma suavidade nunca flácida, me deixando outra vez incomodada, acometida pelo desejo de sair do elevador com ele e entrar no apartamento, permanecer ao seu lado, ele exalava um cheiro bom da pele e do paletó, de quem viesse do chuveiro, e não da delegacia. Apesar do sono e cansaço, alguma coisa parecia despertar de novo, desejando o dia e as promessas de acontecimentos, como se o futuro imediato fosse garantia de bem-estar e algum conforto. Você se comprometeu a deixar o cheque com os honorários naquela mesma tarde, se responsabilizando por nós dois, ele olhou para mim por um segundo e fechou a porta do elevador. Descansei a cabeça em seu ombro e subimos assim.

A sala do apartamento parecia pequena para tantos livros e discos e pastas, objetos miúdos, dicionários, quatro camponesas de louça na prateleira da estante pareciam reais, uma bomboniere de vidro em cima da mesa, Otelo à sua espera esparramado na cama, o xaxim de orquídeas azuis no canto esquerdo ao lado da janela, que, depois você veio a dizer, permitia que apenas eu manipulasse durante o tempo que permaneci no apartamento a seu convite. Você foi logo retirando o colchão de um estrado embaixo da cama de solteiro onde dormia, estiquei o lençol sem grandes ajustes, despenquei, e para sua surpresa, e também a minha, Otelo ronronou qualquer coisa ainda na cama, saiu de lá meio que deslizando e veio se deitar comigo. Lembro que afastei o travesseiro para dividir com ele, mas ele preferiu se arrastar até os meus pés e se aninhar por ali enquanto você cerrava as persianas, fazendo escurecer a sala que também era quarto e quase todo o apartamento, me cobriu com outro lençol recendendo longe a naftalina e entrou no banheiro, de onde não o vi sair, porque desabei no sono.

Só voltei a vê-lo no final da tarde, você chegando da rua com o pão para a sopa do jantar e uma coletânea de poemas do Gonçalves Dias, presente do joalheiro que frequentava a Biblioteca Municipal, você voltaria a falar nele tempos depois, referindo-se ao relógio de bolso banhado a ouro que ele lhe confiou uma meia hora antes de se atirar de terno e gravata do viaduto do Chá. Depois da sopa – lentilha batida no liquidificador, lembro bem, porque foi a primeira vez que comi lentilha – sentamos, eu e Otelo, no sofá de dois lugares, enquanto você se instalava na poltrona de retalhos, e de lá se pôs a ler os primeiros cantos do I-Juca Pirama em voz alta, explicando, ao final, a distribuição dos versos pentassílabos, decassílabos, para a plateia ignorante formada por mim e o gato, flutuando entre encantamento e tédio. Sugeri que chamasse o vizinho do oitavo andar para se integrar ao sarau, você alegou falta de intimidade, e só alguns dias depois topei com ele na portaria, acompanhado de uma mulher loira, vestindo um *tailleur* de linho verde e cabelos armados a laquê, blindado por uma formalidade capaz de erguer uma redoma em seu entorno. Em seguida você me informou se tratar da noiva dele, Marina Maciel, eu não esqueci o nome, uma vez que a amaldiçoei já no primeiro momento.

Ainda no primeiro dia eu o coloquei a par da vida que vinha levando até ali, atendendo às suas indagações, menos curiosas do que interessadas. Falei do passado no interior, do meu pai, que morreu antes que eu pudesse alcançá-lo, de Nonô, a quem amei com alegria, do irmão que partiu no balão vermelho, minha mãe, não a recentemente falecida, mas a que me escolheu para arauto e escudo de suas misérias. Alípio Alma, Sarita Fuentes, Francisco Pombo, Vitório Vitérbio e o ateliê da Líbero Badaró (soube que Sarita Fuentes se mudou com Alberta e algumas meninas para o interior de Goiás, onde viveu até morrer), até você informar que já sabia o bastante para me reconhecer, desviando o assunto para a sua avó Cibele e as memórias inventadas de Portugal, as férias no interior com os outros avós, sua vontade, não de ser pai, mas avô, os livros e o cinema, o balé, a música clássica, as artes em geral. Não o cinema dos subterrâneos, onde nos esbarramos na tarde anterior, mas a magia que eu também conhecia desde as matinês do cine Arte Palácio, desde Nonô e os doces partilhados entre sustos e frouxos de riso no correr das sessões, os domingos que nos dedicávamos um ao outro e a outro modo de existir, conhecido apenas das telas, das canções de Marlene, das páginas das revistas e os poucos livros. Naturalmente, foi por você que ouvi falar em Federico Fellini e Giulietta Massina, Fred Astaire, Woody Allen, Catherine Deneuve, a sua atriz preferida, e conheci expressões como direção de arte e sonoplastia, a cadeira do diretor, figurinistas, o estrelismo das divindades. Depois vieram os autores de literatura, as citações de livros, os poetas parnasianos que o encantavam, a boa música, e sempre a narrativa dos seus 'sonhos delirantes', como costuma se referir a eles.

Você gostava de dizer que entre nós não havia se dado encontro algum, mas o reencontro de dois sobreviventes à mesma aridez de areia e deserto, cada um cavoucando a sua leira de terra particular. Suas frases e expressões, algumas delas desertoras de um alfarrábio antigo, ecoam em meu ouvido, e sempre fonte de delícias, Brando, tantos oásis, pétalas, gárgulas, as proparoxítonas, fiquei impregnada de você, e desde o primeiro dia. Não por acaso decidi cursar a faculdade de filosofia quando já vivia com Dalton no interior, à vontade dentro da pele. Ficou decidido que dividiríamos seu apartamento até eu conseguir bancar minha sobrevivência na cidade – você decidiu. Não voltei ao quarto alugado de Berilo nem para me despedir ou pegar qualquer pertence. Iniciavam-se os cinco meses de fecundação. Eu nunca tive dúvida quanto à natureza do sentimento logo instaurado entre nós, uma vez que, estando-se diante das raridades, se torna fácil distingui-las do que é banal, e os afetos positivos sempre me foram raros. Você chegou a duvidar e a se confundir num primeiro momento, lembra? Considerou se tratar de interesse sexual, o entusiasmo. Não o desejo físico imediato, que esse um homem reconhece no corpo antes de alcançar a mente, mas a possibilidade de abrir uma cortina nunca aberta, jogando luz sobre certa zona mal iluminada, a qual você se expunha e recuava, à moda dos fantoches da lanterna mágica mantida na prateleira inferior da sua estante de livros no canto da sala. Ela veio no porão do navio português onde viajaram seus antepassados, insistia sua avó Cibele à luz das velas que ela fazia questão de manter acesas no convés da cama, por temer os escuros do mar alto, tudo isso você me contou em outras noites de confidências a dois. Depois você percebeu que não se produzia entre nós o espasmo, sobretudo a tensão, componente indissociável do desejo. Ao contrário – você foi enfático ao dizer – minha presença no seu apartamento sugeria, da manhã à noite, a perspectiva de agasalho e silêncio, em tudo diferente do tesão – desassossego e grito. Então me abraçou no meio da sala, vínhamos tratando de coisas urgentes e banais, como a batida de violão do João Gilberto, contraposta ao suingue de Jackson do Pandeiro, de quem eu nunca tinha ouvido falar. Pedi que você se virasse de costas para mim e de frente para a janela aberta, enquanto tentava me travestir de Marlene com os poucos adereços disponíveis, e após encontrar um chapéu que pertencera a sua avó e colocá-lo na cabeça, exibi o número executado à frente do espelho do meu antigo quarto. Seu aplauso traduzia menos entusiasmo com o talento do que cumplicidade no prazer, o que nos fez entrar um dentro do outro, como só são capazes duas criaturas para quem as divergências não se traduzem em arestas e cascalhos repelentes ao toque.

E havia Dalton a dois andares do seu apartamento. Ele hesitou em entrar no elevador ao perceber que eu descia sozinha naquele início de manhã, porém a alma delicada e viril o impediu de me deixar constrangida, então ele entrou, disse bom-dia e baixou os olhos, munido do curto deslocamento de lábios suficiente para se excluir de nós dois. Eu havia saído do banho fazia pouco, e agora era eu a emanar alguma fragrância, combustível às inventivas de ser feliz logo pela manhã. Não a felicidade sólida e inalcançável, mas a fragrância de alegria apta a subverter o que é contrário a ela. Do oitavo andar até o térreo viajamos em silêncio, bem delimitados dentro de nós. Silêncio sufocante o meu, conveniente o dele. Viagem breve a minha, interminável a dele. Mas, depois de se despedir com um até mais, dar-me as costas e alcançar a calçada, não o deixei ir longe e o interpelei no meio do quarteirão com um chamado qualquer, sustendo e logo soltando o seu braço por dentro do paletó. Ele interrompeu a caminhada e se voltou, e ao tê-lo agora diante de mim, me indagando com o olho muito preto e todo calmo, não sabia o que fazer. Nem o que dizer ou como agir, porque não estava certa do que desejava, além de sua presença ao meu alcance. Aí o vi dar a volta e retomar a calçada e o deixei ir, certa de que voltaríamos a nos encontrar e estar juntos e permanecer, tomada pelo desejo de lhe fazer companhia, de alguma forma tê-lo sob meus cuidados, acudir a sua solidão intuída, e então entendi: eu queria que ele se mostrasse disponível à minha intromissão em sua vida, atraída por um chamado irresistível. Precisávamos partilhar a agonia que nos assaltava aos dois: a ele, já sob forma de unguento, quem sabe desistência, talvez deserção; a mim, ainda veneno em estado inicial. Pela primeira vez eu desejava estender a um ser vivo o zelo dispensado aos mortos quando fui menino. Acompanhei-o com o olho até ele virar a esquina e desaparecer. De certa forma em paz, ou tentando acreditar nisso, dobrei a esquina seguinte no sentido oposto e segui para a biblioteca, ansiosa para ocupar o cargo da guardadora de livros indicado por você.

Disse isso uma vez, mas vou repetir: para mim, sexo representava uma moeda de troca, exercício de poder, até uma tentativa de fisgar o pescador me valendo do seu próprio anzol, mas nunca fonte de prazer físico. A não ser que eu estivesse sozinha e conseguisse desprender a imaginação, capaz de me levar longe se a serviço de outros interesses, mas bastante acanhada se o objetivo fosse provocar esse tipo de gozo. O fato é que nunca me sentia nua o suficiente, portanto era como se não dispusesse de corpo com o qual gozar. Ou como se meu corpo estivesse alienado para outra criatura, desonerado de vontade, submetido a um desejo que não me pertencia. Mas houve o dia em que, andando na rua, na esquina da Alameda Barros com Avenida Angélica, vi Alberta à frente de uma vitrine de roupas, vestindo o mesmo vestido verde-claro à altura dos joelhos de quando nos cruzamos no bonde. Ela parecia descrever o figurino da vitrine para a jovem ao lado, alongando o braço sobre os ombros da outra, puxando-a para si e logo desfazendo o gesto, para repeti-lo em seguida e desfazer outra vez. Apesar de separadas apenas por uma via pública, me pareceu que havia uma distância de avenidas, viadutos e montanhas entre nós, e acrescentei: entre nós duas, reconhecendo ter sido ela quem se referiu a mim no feminino pela primeira vez, excetuando-se os comentários lascivos de Alípio Alma e Artur de Castro depois, quando a ambiguidade entre os dois aspectos do meu corpo permitia que nos tratássemos com todas as espécies de gênero disponíveis, elevando a excitação ao nível que os seus corpos conseguissem sustentar. Nenhum deles contou com o meu desejo bruto de corpo, porém a nenhum foi permitido dispensar o meu consentimento. Você sabe, Brando, gera--se calor quando dois corpos são friccionados um contra o outro, não apenas quando dois gêneros o são, e se acontecer de estarmos submetidos a uma infinidade de gêneros, as variações do prazer são, pelas próprias circunstâncias, infinitas. Tive uma ereção em plena calçada da Avenida Angélica, toda ela voltada ao corpo de Dalton desde a sua cara, levando-me a ejacular ali mesmo, a um simples toque da mão por cima da saia, sem controle ou escrúpulo, ainda assim capaz de me manter em pé ao final, trêmula, mas quase imóvel, aos moldes das meninas que não se deixam tombar ao ser surpreendidas no passeio público pelo disparo do primeiro fluxo menstrual. Eu havia sido tomada por uma excitação capaz de transportar o desejo para toda a superfície do corpo, e, pior, a própria alma, sem nenhum tipo de intervenção mental, fazendo-os, corpo, alma, e quem sabe o espírito, convulsionar ao mesmo tempo e sob uma só orientação. Fiquei assombrada. Desejei, como nunca antes, a presença física de Dalton, corpórea, sua pele e músculos, os poros, e o intervalo imaterial que respira entre pele, músculos e poros, para cumulá-lo também dos prazeres largos e protegê-lo de tudo que a movimentação de seus passos firmes, mas distraídos, o pudesse expor. Em seu discurso, na inauguração do novo Lar de Antônia, o vice-prefeito aludiu aos órgãos reprodutivos da flor, para se referir à vocação maternal de Antônia Cibele, sem saber que foi deste lado da avenida, quando Antônia Cibele sequer existia, que percebi a rebentação do gineceu ao qual se referiu de microfone na mão, simulando o horticultor que nunca chegou a ser.

    Saí dali direto para o apartamento da Liberdade, na expectativa de encontrar você, intercalando agitação e calma, à imagem de quem, senhora do seu pecado e desobrigada de qualquer perdão, se dirige ao ambiente profano onde decidiu se consagrar.

IV

De alguma forma, Brando já esperava por este momento. Embora não duvidasse de sua intuição a respeito de Antônia – ao qual se recusava a acrescentar o Luna, por julgá-lo alheio – havia algo em seu desempenho que lhe soava transitório. Não a transitoriedade à qual estamos subordinados pela passagem do tempo, mas as visíveis arestas de um projeto que não se realizou. Antônia não existia por si e ricocheteava feito uma Alice que não cabe em lugar nenhum. Talvez aquela criatura não soubesse o quanto era capaz de dizer com o seu corpo. Dizer, não apenas dela, sobretudo de quem a visse. Brando via além do corpo, seu olho a ultrapassava e o fazia especular sobre ela: Antônia parecia se contentar com o absurdo pitoresco de sua existência, de fato impressionante, mas rudimentar. Não eram incomuns os momentos em que preferia chamá-la de Toninha, por vislumbrar ali a matéria original do que agora lhe parecia parcial e sem rumo, portanto amador. Como se, de uma construção dada como pronta, ele visualizasse as inventivas responsáveis por deixá-la de pé – o que a desqualificava de imediato. O amadorismo parecia a Brando inconcebível, porque exclui a única possibilidade de nos sentirmos, ainda que por momentos, senhores da criação. A estes que estão condenados à condição de criaturas não se admite deixar de oferecer a única chance de mimetizar o criador. Ele estava sentado numa poltrona de retalhos trazida da casa dos pais, um dos poucos objetos que trouxe de lá quando decidiu morar sozinho e alugou o apartamento da Liberdade. Na casa da família, a poltrona ficava no quarto da avó Cibele, viera de Portugal a bordo de uma caravela sobrevivente a tempestades, pragas e piratas. A avó havia tecido durante meses uma colcha de bordados coloridos para cobrir a poltrona e esconder os remendos nas partes danificadas pelo excesso de uso e dera a ele. A poltrona ficava na sala, Brando estava ouvindo de olhos fechados A Paixão segundo São Mateus, de J. S. Bach, quando Antônia abriu a porta e entrou devagar, quase calada, distante do seu ritmo habitual. Ele pediu que ela baixasse o som, deixasse a bolsa em cima da mesa e ficasse de pé diante dele. Estendeu-lhe as mãos. Antônia alongou o pescoço numa tentativa de se botar ereta, há pouco se sentira vergar pela rua, a cidade pesando-lhe as costas, o espectro da mãe, as tormentas do gozo incoercível, e nada que se impusesse contra essas torrentes. Seria de fato bem-vindo algum movimento contrário, qualquer coisa que distendesse os seus ombros, os erguesse e os puxasse para trás, exercendo uma força contrária ao movimento de vergá-los e à desistência – enlaçaram as mãos. Estavam tão próximos um do outro, que Brando sentiu o odor do esperma impregnado na saia dela. Aproximou o rosto e não teve dúvida: Antônia havia ejaculado fazia pouco. "É Dalton", ela disse, inclinando a cabeça em sua direção. Brando escutou, atingido pela paixão de Antônia, constatando com a cara colada à saia o correspondente fluido da paixão e a nódoa no tecido, não resistindo a deslizar ali a ponta suave da língua. Mas ela acrescentou "é amor", e descansou as duas mãos sobre a cabeça dele, que ainda não se moveu.

Quando se levantou, ele a segurou pelo braço e a conduziu à frente do espelho na porta do guarda-roupa. Afastou-se, permitindo que Antônia se olhasse bem, se sentisse mesmo à vontade para olhar, ela desceu o zíper da saia e a deixou cair sobre as sandálias, tirando também a blusa, atirada no chão. Enquanto Antônia se observava, ele abriu a bolsa em cima da mesa da sala, e, sem pedir licença, pegou a fotografia de Toninha aos cinco anos, que Antônia conservava consigo e havia lhe mostrado mais de uma vez. Da última vez, ela dissera: "O que foi feito dele", e ameaçou chorar. Falava da mãe, lembrando o ritual que não pudera cumprir por ocasião da sua morte. A mãe não permitiu que Francisco Pombo a informasse do risco de morrer, evitando que ela executasse a única coisa para a qual estava habilitada: a limpeza dos mortos. Nisso ela era a melhor. Ao saber que Violeta transferia para o filho o serviço para o qual fora contratada, as pessoas de Fagundes não se sentiram traídas ou penalizadas ou lamentaram por Toninha, ainda criança; sentiram-se abençoadas. Agora todos desejavam oferecer o corpo dos seus defuntos aos cuidados da inocência. Da mesma forma que outros prefeririam fazê-lo ainda vivos. Não era tarefa difícil para o menino, Toninha estava acostumado a cuidar de si desde que aprendeu a andar, saiu à rua e tomou consciência do impacto de sua presença aos olhos de quem o via. Por isso parecia imune à violência externa, combatia internamente com ela e respondia se valendo das armas usadas contra ele, sem compreender que o fazia e sem ter quem o poupasse do embate prematuro. Sim, Nonô existia, porém Nonô tentava executar o ofício que não lhe dizia respeito, à moda de um elemento da produção chamado a substituir um ator secundário, sem grandes prejuízos para a temporada teatral. Ou como quem procura cobrir com mercúrios e emplastros a ferida que não provocou. Mas a ferida está lá, inexpugnável.

Brando se aproximou com a fotografia na mão e a manteve à altura do olho de Antônia. Ela se dividiu entre a visão do espelho e a da foto. Brando primeiro apontou para a fotografia: "Esse aqui é filho de Violeta e Fausto, compromisso deles, você já não tem o que fazer aqui". Apontou o espelho à frente: "Aquela é filha deste", e interpôs o retrato. "Compromisso seu. Sugiro que assuma essa paternidade. Maternidade, se preferir. Você tem tratado mal a sua cria".

Antônia recuou um passo, afastando a fotografia de Toninha com um meneio de braço. Ela não sabe sofrer, portanto não sabe que sofre, entretanto não há parto sem dor, figura aqui a primeira parturiente do que viria a ser o Amparo Maternal Antônia Cibele, na cidade de Fagundes, interior do estado de São Paulo. "Antônia Cibele?", Brando sugeriu, porque a avó, a lanterna mágica, porque a poltrona de retalhos, o cinema, Marlon Brando que o nomeou, e, acima de tudo, a criação ordinária. Numa subversão inevitável, Toninha afinal desafia o criador, ocupando o seu lugar, e está à luz, deu-se à luz.

Bem-aventuranças não ocorrem solitárias, contaminam o que se estende ao redor: Brando está iluminado, talvez seja este o verdadeiro criador. Ele oferece o chapéu que foi da avó, Antônia Cibele o leva à cabeça, acomoda o chapéu, desvencilha-se da saia ainda em seus pés, mas, em vez do espelho, mira-se em Brando, coloca-se frente a ele e o vasculha, não como se vasculhasse a si mesma, mas como quem persegue o reflexo de sua imagem por intermédio deste outro aparelho especular. Brando permanece impassível de um jeito que não a incomoda, apenas não a inclui, ela segura a mão dele e a conduz inicialmente ao abdome, fazendo-o percorrer devagar, depois o tórax, peitos, o pescoço, as duas faces do rosto, e vai descendo com as mãos sobrepostas até retornar ao abdome, o ventre, o sexo sob a calcinha, ela desce a calcinha e o deixa tocar o sexo pênsil, os flancos, um, depois o outro, as nádegas, outra vez o sexo, ele se permite vaguear por toda a superfície disponível do corpo, ela agora o acompanha com um leve toque em sua mão, deixando-se percorrer, redescobrindo junto com ele o seu corpo dotado de espírito.

V

A saída do porto de Santos havia sido tumultuada, parece que a confusão de sentimentos entre os dois contaminara os procedimentos de partida e mesmo a mecânica ordinária do porto. Uma desagradável agitação despencou sobre a tarde aos moldes de um temporal surpreendendo o céu de marinheiro, um homem magro se esforçava para prender a corda no poste de amarração, guindastes faziam zunir os cabos de aço todos ao mesmo tempo, deixando em rebuliço as gaivotas do cais. Tiveram um pequeno desacerto na apresentação dos documentos para a polícia de emigração, e ainda a passagem pelo armazém da alfândega retardando o embarque. Antônia quase torceu o pé ao pisar em falso com a sandália de salto, a frasqueira chegou a rolar pelo chão, ela precisou firmar o chapéu na cabeça e se agarrar à mão de um passageiro ágil, o excesso de vento, porém agora o navio singrava a uma brisa leve, já não se via a costa nem traços da vegetação tropical, ouviam-se línguas estrangeiras por todos os lados, se poderia estar em qualquer lugar do mundo onde houvesse gente e mar.

Antônia Cibele se curvou na proa, prendeu o chapéu na cabeça com as duas mãos e acompanhou com os olhos e um riso meio infantil o embate das ondas no casco do navio. Não parecia violento. Apesar da profundidade, o mar a esta altura se mostra mais pacato do que os malabarismos da arrebentação. Igualmente excitado, embora contido, Brando se dividia entre o panorama marinho, a expectativa do futuro próximo – porque Rio e Paris – e o desempenho da companheira de viagem, tão confortável dentro do corpo e das novas peças de roupa, justa interação entre corpo, mente e o próprio tombadilho em movimento. Assim lhe parecia, ao vê-la transitar sem os maneirismos que ao seu modo de ver a vinham transformando numa alegoria de si mesma, comprometendo a aquisição de um destino pessoal. Não fazia sentido abandonar a imitação de Marlene e passar a imitar a si própria, numa reprodução canhestra do que um dia foi o movimento original, passageira clandestina dentro do próprio corpo? Daí a importância de encontrar a exata medida do gesto, não para retrair os movimentos, mas torná-los seus, afinal Antônia desejava um destino, e não uma ilusão, Brando se sente parte desta obra, quem sabe um Michelangelo diante do Davi esculpido em mármore, a quem se dirige ao final do trabalho: "Fala!". Antônia Cibele falou. Para alívio do criador, usou a própria voz.

    Afinal ele encontrara o uso adequado para o dinheiro que a avó havia lhe entregado junto com a colcha de bordados, poucos dias antes de ser tragada pelo grande mar. Nunca teve dúvida de que seria Paris, porém faltava a companhia para se juntar aos outros membros do antigo devaneio e seguirem todos. Da mesma forma que se imaginava um homem de final de século XIX, meados de século XX transitando em preto e branco pelo centro de São Paulo, também poderia ser visto nos cafés do Quartier Latin na mesma época, respirando a névoa dos bulevares ao lado de Sartre e Simone de Beauvoir, Camus, Hemingway, Gertrude Stein, quem sabe uma mesa dividida com o próprio Marcel Proust no restaurante do Ritz, madrugada fria em que o escritor abandonou o quarto onde se recolhera para revisitar o tempo perdido e veio desfilar o sobretudo preto entre os remanescentes da noite, são os anos loucos? Agora, adicionada a toda esta gente: Antônia Cibele. Não fazia muito que havia dividido com a desconhecida o camburão da viatura entre o cinema e a delegacia; no entanto, para Brando, tratava-se de uma relação de há séculos e ele estava a postos. A via, não como estranha e nova, mas antiga consorte que viera reunir-se a ele. A conquista de uma identidade por Antônia confirmava a sua própria identidade, levando-os a partilhar a celebração, e então Paris.

A viagem de navio levou tempo o suficiente para estreitarem os laços cingidos em terra, e a cidade correspondeu, como é de sua natureza despudoradamente oferecida, ao que um e outro esperavam dela. Diz-se que nunca se chega a Paris pela primeira vez; sempre retornamos a Paris, tal o grau de intimidade com a arquitetura, seus ícones, a boêmia, a maneira de estar-se lá. Brando está de volta a casa e com a companhia que escolheu para isso. Ao fim da primeira semana, caminhou até a joalheria Arthus-Bertrand, responsável por suprir de espadins os membros da Academia Francesa, cujo prédio planejava visitar amanhã. Queria apresentar à Antônia uma joalheria ancestral, não somente para estimular o senso estético, mas refinar sua sensibilidade, excluindo-a cada vez mais de vitórios vitérbios e quaisquer engodos. Para isso vestiu a gola rolê por baixo da gabardine cinza, tentando resgatar uma melancolia extemporânea, talvez a formidável angústia dos existencialistas, tantos livros e filmes, notícias, quanta espera. Tomou Antônia Cibele pela mão, uma Colette de volta às origens europeias e africanas acometida por deliciosa cadência tropical; entraram de braços dados.

Dessa forma, foi dividindo com a acompanhante todo o conhecimento que adquirira a respeito das gentes, costumes, a história e edificações responsáveis por situar a cidade na urbanização do planeta, expressando-se de um modo que valorizava cada palavra escolhida para traduzir o que ele queria dizer, escafandrista da palavra, ourives, tudo isso lhe serve como tentativa de identificá-lo desde jovem. Aqui, o cenário e a paisagem do final de primavera o acomodavam, está mesmo em casa. Antônia se deixava guiar com interesse, tentando sorver a experiência dele e as sensações, sem abrir mão do olho com o qual também ela experimentava a cidade e o usufruto do destino, o futuro chegou e é tão sólido, ela se diz e sente. Quem conhecesse Brando de maneira superficial poderia relacioná-lo a um gênero de enciclopédia ambulante, quem sabe pretensiosa e desnecessária, incorrendo num equívoco lamentável. Além do apreço estético pelas palavras, Brando conhece a importância de identificar as nuances dos sentimentos e das sensações, sendo para isso necessário adquirir o repertório léxico que o permita discriminá-las, uma vez que são as palavras que conduzem o pensamento, e não o contrário. Brando não acredita em sinônimos, apenas na palavra insubstituível. Assim, foi com a convicção de quem faz emergir do fundo do oceano a única expressão possível para traduzir de forma exata certa sensação, que ele disse para si mesmo, observando, na viagem de volta dois meses depois, o movimento do convés, o porte conciso de Antônia toda dentro dela, e o mar que parecia ao mesmo tempo subordinado à mecânica do navio e irresistivelmente livre: estou feliz.

Embora não fizesse frio, eu cobria parcialmente o colo com a echarpe de seda que trouxe de Paris, de onde emanava silenciosamente a fragrância da cidade. Eu a escolhera naquele brechó de Montparnasse que lhe indicaram, lembra, Brando?, mantendo-a na sacola onde veio, na tentativa de conservar o aroma de tudo. Dessa vez Dalton não disfarçou a surpresa quando o elevador parou no oitavo andar. Ele entrou, insinuou o riso curto de boca, desejou bom-dia, dirigiu os olhos para meus peitos intumescidos embaixo da echarpe e eu tive a impressão de ver a menina dos seus olhos se agitar num frevo à revelia dele, abrindo uma fenda no rosto branco. Uma mulher sabe quando é convidada a dançar, mesmo se não forem utilizadas palavras, então eu fui.

Quando levantamos da cama horas depois, havíamos esgotado a variedade de ritmos disponíveis. Ou assim percebemos, dada a interação dos corpos naquele primeiro encontro. Por não parecermos saciados ao nos despedirmos, estava claro que desejaríamos outra vez. Diferente de quando Alípio Alma se valeu do repertório de canções para nos induzir ao que ele considerou festivo, dessa vez eu tomara parte no roteiro, ao mesmo tempo que me ocupava da execução, sentindo-me dona de um corpo capaz de me conferir o prazer não apenas simbólico, mas agudo, cru. Acolhi o corpo rijo de Dalton, de modo a oferecer abrigo à solidão e ao desejo, intercalando o que eu intuía do seu jeito de existir e me enternecia, com a expectativa de gozo anunciada por seu corpo de maneira radical. Percebi o quanto queria me aproximar do isolamento dele, talvez por reconhecê-lo em mim, repartindo toda a dor e gozo. Às vezes parecia que era a sua parte anímica que eu estava acolhendo, mas logo o meu corpo exigia o desfrute físico, com a urgência de quem tem uma longa montanha a escalar e pouco tempo para cumprir cada etapa. Então me agarrava a Dalton, quem sabe a única tábua de salvação para alguém que se debate em rio de volumosa água sem saber nadar. E assim gozava atrelada a ele, ocupada por ele ao ponto de me fazer irromper sem dissociar os corpos, lambuzando-o e me deixando lambuzar com nossos fluxos, perseguindo uma nudez desconhecida, desprovida de qualquer contradição, até atingirmos a nudez absoluta, e, portanto, caos. O mais admirável, Brando, é que ao dar de comer ao corpo, era à alma que eu alimentava com abundância, e vice-versa. Tive certeza disso porque, a cada eclosão de gozo, não era a disjunção que eu desejava; ao contrário, ainda me atava a ele até a próxima, e depois, e ainda mais, como se o parasitasse e me deixasse parasitar. Ao final, considerei pronunciar algo que por fim preferi calar, optando por não emitir qualquer palavra da qual o corpo já não tivesse se valido até ali. Aconteceu o mesmo com ele, ele me disse depois. Poderíamos ter nos rendido um ao outro desde então e nos pacificado logo, porém, pareceu-nos útil sobreviver um ao outro e a nós próprios, para só então prosseguir. Havia qualquer coisa de dignidade em nosso silêncio; na nudez, certamente. Pormenores de intimidade, ainda mais de caráter sexual, devem ser evitados, você sabe, mas aqui eu peço que não os considere levianos, são inevitáveis. No encontro com Dalton foi a junção dos corpos quem anunciou o afeto que se estabeleceu e agora me ameaça pela primeira vez nesses anos todos.

Você não manifestou nenhum espanto quando, de volta do apartamento dele, abri a porta do seu apartamento e, sem sequer me dirigir a você na cozinha ao lado, me recostei na porta e permaneci calada, as mãos atrás das costas, respirando lenta e profundamente como se dependesse dessa ausência de comunicação para sobreviver, até ser vencida pela insistência de Otelo movimentando-se em torno às minhas pernas aos modos de um cachorro.

Este foi o primeiro episódio de um encontro definitivo, você o testemunhou. O que não testemunhou está conhecendo agora, faço questão de me comunicar com você, e estender outra vez a ponte capaz de interromper, ainda que de maneira provisória, nossa solidão insular. Reticente a princípio, Dalton deu vazão ao desejo e a tudo que passou a nos dizer respeito, estivemos submersos na mesma água feroz, você também viu. O noivado com Marina Maciel foi rompido com uma expressão curta: um equívoco. O escritório, abandonado. E quando embarcamos para o interior do Paraná, escapando de São Paulo, ele se considerava pronto para assumir a filial de outra empresa de advocacia, depois de reavaliada sua negativa ao convite recebido há pouco; a princípio, não estava em seus planos se afastar da cidade e o casamento com Marina eram favas contadas.

Brando, se me permito tantas digressões sobre esses primeiros encontros, nessa espécie de relicário endereçado a você, (poderia haver outro destinatário?), é para que você possa avaliar o momento pelo qual estou passando, em função do que vou expor agora:

O que temíamos naquele passado distante aconteceu: Antônio José ressuscitou dos mortos ameaçando, ao mesmo tempo, Antônia Cibele, o juiz da comarca em vias de se tornar desembargador, e, sobretudo, a tranquilidade que julgávamos definitiva desde que desembarcamos em Fagundes tantos anos atrás, transferidos do Paraná. Na verdade, não exatamente desde que desembarcamos, o passado é tão mais ameaçador quanto mais recente. Apesar disso, a passagem harmoniosa do tempo se encarregou de dispersar os temores, chegando ao ponto de extingui-los ou envolvê-los em tal névoa protetora que acreditamos estar salvos para sempre. E salvos do quê, eu me pergunto, se a possível descoberta pública de que tenho uma próstata em vez de dois ovários não deveria incomodar quem não se beneficia ou se sente prejudicado por qualquer destes elementos pendulares. Nenhuma de minhas atitudes sofreu ingerência da presença ou ausência deles, ainda mais se considerarmos a distância entre sensação, emoção e sentimento, três variáveis que dizem mais respeito à atividade mental e paradigmas éticos do que a intermediação destas glândulas ocas de raciocínio e alma.

Em função da correria – fui e voltei no mesmo dia – não comuniquei a você, mas estive em São Paulo para a realização de exames médicos de rotina, semanas atrás. Alguns sintomas inusitados me fizeram pedir ao médico para incluir as avaliações prostáticas no pedido dos exames, o que gerou um adendo no desenrolar da consulta, na verdade breve e objetivo, por conta da discrição do urologista. Um funcionário do laboratório onde os exames foram realizados não teve o mesmo recato. Desde que percebeu a divergência entre o nome da paciente e a natureza dos exames, somado a pesquisas nas redes sociais a meu respeito, vem ameaçando torná-los público. Aliou-se ao prefeito, para o qual Dalton negou o apoio solicitado à época das eleições, motivo de discórdia entre os dois e do tratamento farsante dispensado ao meu marido desde então; o prefeito, além de medíocre e reacionário, é inescrupuloso e vingativo; dissimulado, sobretudo. Estes pormenores, somados aos privilégios de sua posição atual, o fizeram transferir para si o material do funcionário chantagista movido por interesses financeiros, atendidos de pronto.

No domingo, encerradas as comemorações do meu aniversário (este ano você esqueceu, espero que não tenha deixado de acender uma vela para Augusta, que divide a data comigo) voltamos para casa, fechamos portas e janelas, assistimos a um programa na TV e ficamos pelo quarto, dando por encerrado o fim de semana. Não estava. Vim ao computador a fim de concluir o *e-mail* guardado nos rascunhos endereçado a você, e encontrei o *e-mail* do prefeito, cujo assunto na caixa de entrada logo me estarreceu: "Toninha Cibele, muito prazer!". Trata-se de um texto pavoroso, acompanhado de anexos assustadores: cópia dos exames de laboratório, registros de eventos sociais e o voluntariado, com destaque aos seus próprios comentários elogiosos, acompanhados de uma observação atual: 'Sua queda será compatível com a altura onde a colocamos. O aspirante a desembargador despenca junto, para lhe servir de tapete. Ou vice-versa'. O terceiro anexo é um apanhado de matérias nas quais Dalton é o destaque, quer por suas atividades no fórum, quer pelas novidades profissionais a caminho, acompanhados de outros comentários destilados em níveis progressivos de ironia.

Estas circunstâncias têm me feito encarar o pesadelo sozinha, protelando o assunto. Dalton anda envolvido com uma provável nomeação para desembargador, o que exige um jogo social e político para o qual as demandas pessoais são inoportunas. O cargo de desembargador é o sonho antigo nunca concretizado, talvez por sua inabilidade no jogo político, fundamental para a indicação a estes postos, você não desconhece a matéria da qual somos todos feitos. Desta vez, ele se dispôs a jogar o jogo, ainda que sujeito à moderação possível. Atribuo a mudança de intenção àquela vaidade profissional, único pecado a impedi-lo de estar alinhado a esta gente de barro e mãozinhas postas, aboletada no seu lindo oratório. O que, aliás, não me desagrada, a vaidade é bíblica, "vaidade de vaidades", diz o pregador, "tudo é vaidade!". Sem essa, e talvez outras raras manifestações da miséria humana, a distância entre mim e meu marido não nos permitiria dividir o mesmo colchão. Isto, sim, seria lamentável. Pois é este homem – que me trouxe de volta à claridade da qual me excluía quando procurei abrigo no cinema tentando escapar da presença turva de mamãe e das minhas próprias sombras – quem está ameaçado de ver sua trajetória perturbada, quem sabe demolida, pelo fato de eu existir ao seu lado sem que isso lhe provoque o nojo e a indignação de cuja ausência será acusado.

Naquela tarde, eu tentava evitar a culpa por encarar mamãe no caixão, admitindo o mal que lhe causara. Não por tê-la traído com o homem usado por ela para trair o meu pai morto (Nonô não era grande o bastante para ser molestado), mas por não ter correspondido à ambição de maternidade, meninos homens os dois, como seu útero viril deveria gerar. Foi você quem me mostrou que com aquele comportamento mamãe evitava que eu me submetesse às benesses dos afetos cruéis, como, certamente, seria o seu. "Deus te livre da maldade dessa gente boa", você resumiu, me felicitando pelo privilégio de não ter sido amado imprudentemente.

Hoje é com a figura de Dalton que se repete o equívoco. Como se o fato de estar viva e respirar oxigênio – e descobrir que quando o sol quebra no quintal da minha casa, sobe no Japão, e desfrutar das personagens que você me apresentou, viver com elas uma vida inteira, e cruzar o Atlântico ao seu lado, me lambuzar das queijadinhas de coco na mercearia do Alípio Alma, e constatar na cara dele a selvageria comum, e atenuar, com Nonô, o desamparo de todos os antônios e as antônias e os toninhas, e explodir de gozo ao lado do homem que me ensinou a amar com o corpo e a pele, e descobrir que amar é ainda mais exuberante do que ser amada, e respirar o aroma azedo e doce dos banheiros públicos, beber a água fresca depois e me banhar ao sol, higienizar os mortos e me emporcalhar com os vivos – fizesse de mim uma caloteira essencial.

Não faz. Úteros, próstatas, pintos e bocetas, vulvas, testículos, e mesmo cus não podem ser incriminados por atos dos quais participam como penduricalhos do traje principal. E não é porque cada um desses pingentes se permitiu subverter o todo, que deixou de ter, cada um deles, o direito de existir sob outra luz, e se apresentar no mesmo evento – eu não acredito no pecado original.

O prefeito me avisa que ainda esta semana começa a divulgar a verdadeira identidade de Antônia Cibele e as preferências bizarras do Meritíssimo Dalton Selibroto, ambas as máscaras cairão. Garante que o desfile em automóvel de capota arriada pela cidade inocente foi o último ato desta chanchada com levadas de ópera bufa e aspirações a musical da Broadway. A cidade responderá à altura a esta simulação imoral. Lamento por Dalton, e não me sinto capaz de imaginar qual vai ser sua reação, nem onde ele vai esconder a cara ultrajada. Ou se, ao contrário, vai nos exibir mais uma vez, como tem feito durante todo este tempo em que somos antecedidos pelas aparências, os interesses individuais e as circunstâncias. Estaria disposta a qualquer sacrifício que o pudesse preservar, mas temo termos ido longe demais, não havendo como dissociá-lo de mim e de nós. Eu e você testemunhamos o quanto ele resistiu no primeiro momento, e com que espécie de compromisso se posicionou depois, tão maciço é o Dalton. O que eu não gostaria era de ser qualquer coisa em sua vida que não fonte de prazer e conforto, e aqui talvez esteja a manifestação da única vaidade imperdoável, permaneço tão incorreta, Brando. Essa história (quase escrevo difamação) me coloca na posição contrária; é por meu intermédio que ele será atingido. Você me conhece o bastante para saber o quão pouco me ajusto ao papel de vítima, o quanto fui capaz de sobreviver, subverter a força e me contrapor a ela, ainda assim sou obrigada a admitir: desta vez encontro-me no centro do fogo, a lenha, o próprio fogo, talvez. E, embora esteja a um passo de envelhecer, ainda não cheguei àquela idade em que é permitido se excluir dos fatos.

A invasão de mosquitos na cidade está um horror, o verão interminável. Com o excesso de chuvas proliferam criadouros, os insetos não param de se multiplicar, respiro repelente pela casa toda, inclusive aqui no escritório, de onde escrevo. À minha frente, quase enquadrados pelas prateleiras da estante, estamos eu e você deslizando pelo Sena, a bordo do Bateau Mouche, uma sexta-feira ensolarada em Paris. Uso o chapéu de cetim grená que foi de sua avó Cibele, ainda hoje acomodado naquela caixa de papelão com bafo de naftalina, de onde só o tiro nas grandes ocasiões, ou para submetê-lo a uma aragem suave. Éramos jovens, nem tão felizes, mas nos ajustávamos com facilidade ao cenário, não se pode deixar de estar feliz em Paris. Aliás, não sei ser triste, afirmei a você num momento de profunda tristeza. Nunca me senti suficientemente amparada para isso. Não me apego à dor. Nem a cara de tristeza eu sei fazer, pareço sempre caricata. Evidente que não persigo o sorriso contrafeito das hienas, porém o correspondente facial da tristeza não se adéqua ao meu rosto. A expressão de tristeza, se insisto, configura não mais do que a máscara que sempre relutei em vestir, mesmo quando esta seria a indumentária apropriada. Sou Antônia desde que nasci, portanto não há nenhuma falácia no que lhe digo, não há máscaras capazes de identificar alguém, tampouco há máscaras a arrancar do meu rosto. Ao contrário, livrei-me delas naquele dia à frente do espelho no seu apartamento da Liberdade, para mim mesma, e para nunca mais. Não voltaria a vesti-las, ainda que exposta à devastação dos mosquitos e de todos os insetos.

Sob o vidro que serve de tampo para esta escrivaninha, conservo o texto de Fernando Pessoa subscrito por você na noite em que, sentados no chão da sua sala, revelamos um ao outro quem supúnhamos ser: "Minha alma é uma orquestra oculta; não sei que instrumentos tangem e rangem, cordas e harpas, timbales e tambores, dentro de mim. Só me conheço como sinfonia".

Adoraria que esta correspondência fosse apenas veículo da palavra corolário, que colhi, guardei, lustrei, e te envio agora, meu Brando querido. Mas a vida, diferente de você, nem sempre se esmera na escolha das palavras com as quais escreve.
Tua

Antônia

Esta obra foi composta em Electra e
impressa em papel pólen 80 g/m² para a
Editora Reformatório, em novembro de 2020.